Deseo™

AF825210

Peligrosos deseos

Robyn Grady

HARLEQUIN™

Editado por HARLEQUIN IBÉRICA, S.A.
Hermosilla, 21
28001 Madrid

PELIGROSOS DESEOS, Nº 1571 - 6.2.08
Título original: The Magnate's Marriage Demand
Publicada originalmente por Silhouette® Books

I.S.B.N.: 978-84-671-5816-8
Depósito legal: B-53288-2007
Editor responsable: Luis Pugni
Composición: M.T. Color & Diseño, S.L.
C/. Colquide, 6 portal 2 - 3º H, 28230 Las Rozas (Madrid)
Fotomecánica: PREIMPRESIÓN 2000
C/. Algorta, 33. 28019 Madrid
Impresión y encuadernación: LITOGRAFÍA ROSÉS, S.A.
C/. Energía, 11. 08850 Gavá (Barcelona)
Fecha impresion para Argentina: 4.8.08
Distribuidor exclusivo para España: LOGISTA
Distribuidor para México: CODIPLYRSA
Distribuidores para Argentina: interior, BERTRAN, S.A.C. Vélez Sársfield, 1950. Cap. Fed./ Buenos Aires y Gran Buenos Aires, VACCARO SÁNCHEZ y Cía, S.A.
Distribuidor para Chile: DISTRIBUIDORA ALFA, S.A.

Capítulo Uno

Tamara Kendle no podía apartar los ojos del atractivo hombre moreno sentado en el primer banco de la iglesia. Era como una roca, inmóvil, mirando obsesivamente hacia delante.

Se sentía incómoda cada vez que apartaba la mirada del sacerdote. Estaba allí para decirle adiós a alguien muy especial. Una persona a la que echaba tanto de menos que le dolía el corazón al pensar en ella. Se sentía confusa, como si estuviera flotando entre la realidad y el infierno.

Aun así, a la izquierda del ataúd, cubierto de lirios perfumados, aquellos hombros anchos seguían intrigándola.

Aunque no se habían visto nunca, Tamara conocía al hombre por su reputación.

Armand De Luca, el magnate australiano del acero, el último de la saga.

O eso pensaba él.

Tamara estaba ya sentada cuando De Luca

entró en la iglesia. Durante el servicio funerario, su perfil clásico exudaba la seguridad que admiraban los hombres y que hacía enamorarse a las mujeres. Mandíbula cuadrada, labios bien proporcionados y esos ojos… de un tono azul claro como el cielo, entrecerrados pero tan expertos…

–Gracias a todos por venir a despedir a Marc –Tamara volvió a mirar al sacerdote–. Ahora, después del servicio, habrá una pequeña reunión en el edificio anexo a la iglesia para aquellos de ustedes que quieran recordarlo.

Tamara hizo la señal de la cruz, recitó una plegaria y dejó escapar un suspiro. Marc había sido su mejor amigo. Se habían reído tanto juntos, se habían confiado tantos secretos... Y, unos meses antes, cuando una serie de desafortunados eventos amenazaron con arruinar su vida… Marc estuvo a su lado.

Los ojos de Tamara se llenaron de lágrimas.

Ella era una luchadora, siempre lo había sido. Pero esa noche necesitaba a alguien y Marc no la defraudó.

Mientras los demás salían de la iglesia, Armand De Luca se levantó para acercarse al ataúd y alargó una mano para tocar la brillante madera…

En ese momento, Tamara sintió una oleada

de náuseas. Apartando de su cara la larga melena oscura, cerró los ojos un momento, llevándose una mano al abdomen. Cuando se le pasaron las náuseas volvió a mirar hacia el ataúd. De Luca había desaparecido.

Una vez fuera de la iglesia se puso las gafas de sol, como una pantalla contra los rostros sin nombre que se movían como fantasmas al ritmo de la música del órgano.

Dos de las amigas de Marc se acercaron. Idénticas en todo salvo en el color del pelo, las gemelas Kristin y Melanie solían pedirle ayuda a su vecino para solucionar los problemas domésticos y ahora parecían perdidas.

Kristin sacudió su melena rubia.

–Sigo sin creerlo. Mira que le dije que no se comprara la moto…

Los rizos pelirrojos de Melanie temblaron mientras se sonaba la nariz.

–Esto no debería haberle pasado a alguien tan bueno como Marc –suspiró–. No sé cómo puedes soportarlo, Tamara. Tu negocio arruinado, luego el incendio y ahora esto.

Mientras Tamara intentaba encontrar palabras, Kristin le dio un codazo a su hermana:

–Desde luego, Mel… lo último que necesita es que se lo recuerdes.

–Sólo quería decir que tres golpes tan fuertes seguidos... Bueno, que tiene que ser horrible.

¿Tres golpes?

Cuatro más bien.

Otras personas se acercaron entonces, pero Tamara apenas estaba escuchando. Los rascacielos de cristal, como centinelas alrededor de la bahía de Sidney, normalmente la llenaban de vitalidad. Pero no aquel día.

Cuando volvió a sentir náuseas y los demás congregados entraban en una salita en la que servían sándwiches y refrescos, Tamara fue al lavabo y, unos minutos después, estaba inclinada sobre el inodoro. Iba a vomitar otra vez. Pero al menos estaba sola, pensó, llevándose una mano al estómago.

Recordaba el rostro de Marc cuando supo que iba a ser padre. Había dicho que la amaba, que quería casarse con ella. ¿Cómo iba a confesarle que también ella lo quería, pero no de esa manera?

El olor a ozonopino y a gladiolos recién cortados hizo que se recuperase un poco, pero un segundo después se incorporó... ¿había oído algo?

No, debían ser los nervios. Dejando escapar un gemido, se lavó la cara en el lavabo...

–Perdone... ¿señorita Kendle?

Al oír esa voz masculina, el corazón de Tamara dio un salto. Y, al volverse, se encontró con la alta figura de Armand De Luca.

–¡Qué susto me ha dado!

–Lo siento –se disculpó él, levantando una ceja–. Como tardaba tanto, pensé que podría haber salido por otra puerta y me era urgente hablar con usted. Soy Armand De Luca, el hermano de Marc.

«El hermano perdido de Marc», pensó ella.

Aunque no se parecían en nada. Marc también tenía los ojos azules, pero mientras los suyos ofrecían confianza, los de aquel hombre eran... como los de un depredador. Y quizá no debería sorprenderla sabiendo lo que sabía de su infancia. Una infancia dominada por un padre estricto y tremendamente ambicioso... y sin una madre. Debería sentir pena por él, pero De Luca no era un hombre que necesitase compasión. Su inteligencia y su celebrado encanto eran prueba suficiente de que no necesitaba a nadie.

–Marc me habló de usted.

–Me alegro. Yo esperaba que pudiésemos charlar un rato.

La miraba a los ojos, su expresión amistosa pero exigente a la vez. Sin embargo, una larga conversación era imposible. Al menos, no aquel día cuando estaba a punto de desmayarse. Cuando todo su mundo se había venido abajo.

–Ha sido un día agotador, pero estoy segura de que a los demás les encantaría hablar con usted.

–No tengo mucho tiempo, señorita Kendle. Y sólo deseo hablar con usted.

–Eso suena... más bien preocupante.

–Marco me dijo que era usted muy inteligente.

El corazón de Tamara empezó a latir acelerado por la fuerza de su mirada, que parecía analizarla, intentar descubrir todos sus secretos. Como si sospechara la noticia que ella no estaba dispuesta a darle todavía.

–No parece usted el tipo de hombre al que le gusta jugar a los acertijos –suspiró, tomando su bolso–. Así que dígame, ¿de qué quiere hablar conmigo?

Él la miró un momento y luego dio un paso adelante. Armand De Luca no era meramente atractivo. Tenía un magnetismo animal apenas contenido por su elegante traje de chaqueta. Parecía un hombre peligroso.

–Va a tener usted un hijo de mi hermano.

El anuncio la dejó sin aliento y le empezaron a temblar las rodillas. ¿De Luca tenía una bola de cristal?

–¿Cómo lo sabe? Se lo conté a Marc una hora antes del accidente…

–Me llamó por teléfono para darme la noticia. Desde que volvimos a reunirnos, mi hermano y yo estábamos en contacto.

Tamara no sabía mucho sobre la historia de los hermanos De Luca; sólo que sus padres se habían separado cuando eran pequeños. Marc nunca le contó por qué su madre se lo había llevado a él y no a Armand o por qué no habían estado en contacto durante la mitad de su vida… hasta la muerte de su padre, un año antes. Marc no solía hablar del pasado. Otra razón para que le cayese bien. Problemas familiares, esqueletos en los armarios… no eran cosas que interesaran a Tamara.

Pero aquel día el pasado de Marc había atrapado al presente, mientras el futuro de Tamara crecía seguro dentro de ella.

–Sí, estoy embarazada –dijo por fin–. Pero no hacía falta que me persiguiera. No voy a irme del país.

–Pero yo sí. Mi avión sale para Pekín en unas horas. Y estaré fuera dos semanas.

–Pues entonces hablaremos cuando vuelva.

Al terminar la frase se le ocurrió una idea. No había nada que la atase a Sidney. Quizá Armand De Luca pensaba que iba a desaparecer.

Pero lo último que ella deseaba era apartar al niño de su familia como a él lo habían apartado de la vida de Marc.

Su gran deseo era darle a su hijo una vida feliz y un hogar lleno de cariño. Quizá, con un poco de suerte, algún día se casaría con un hombre que los quisiera a los dos.

–Mire, si le preocupa que no le deje ver al niño, no tiene por qué. Quiero que mi hijo se relacione con su tío. La familia es importante... más importante que nada.

–Por favor, atiéndame cinco minutos, señorita Kendle. Pero en algún otro sitio, no aquí.

Le había parecido que ocurría algo, pero al oír eso estuvo segura. ¿Por qué quería hablar a solas con ella? ¿Habría alguna enfermedad hereditaria de la que tuviera que ser informada? Epilepsia, alergias, algún problema cardíaco... algo que necesitase atención inmediata.

–Sea lo que sea, si tiene que ver con mi hijo quiero saberlo. Y quiero saberlo ahora.

–Tiene que ver con el niño, señorita Kendle –dijo él, acercándose un poco más, casi mareándola con su presencia–. Y también con nosotros dos. Quiero casarme con usted.

***

Quince minutos después, Armand y Tamara estaban sentados en un banco del parque cercano a la iglesia, en el paseo marítimo. A pesar de la brisa que llegaba del mar, su rostro estaba más pálido que el vaso de plástico que tenía en la mano.

Evidentemente, seguía sin creerlo. A Tamara se le habían doblado las piernas al oír que quería casarse con ella y cuando la sujetó por la cintura… sintió que le hervía la sangre. Eso lo hizo sentir culpable, pero no evitó que el roce con Tamara Kendle le provocase escalofríos.

Había visto a Marco exactamente ocho veces en los últimos catorce meses. Y ahora el hermano al que apenas conocía estaba muerto.

Casarse con la mujer a la que Marco había amado podría parecer insensible, quizá incluso absurdo o inmoral para algunas personas. Pero no para Armand. Él vivía la vida según sus propias reglas, no las de los demás. Desear que las cosas fueran diferentes no cambiaba nada. Nada cambiaba el pasado; sólo estaba el futuro y una unión que podría beneficiarlos a los dos. A Tamara, al niño y a sí mismo.

–¿Quiere más agua o podemos hablar?

Era el peor momento posible. Si el problema que tenía que resolver en China no fuese tan urgente se habría presentado aquel día y después habría ido a visitarla para hablar del asunto. Pero quizá era mejor así. Había mucho que organizar, particularmente los efectos de una boda en su negocio y en el fideicomiso que les había dejado su padre.

Con gran cuidado, Tamara dejó el vaso sobre el banco y apartó un mechón de pelo de su cara.

–Si quiere hablar de la boda, no hay nada que decir.

–Conozco su situación, señorita Kendle.

–¿Mi situación?

–Lleva dos meses sin trabajo desde que fracasó su negocio.

–Gracias a un empresario que se negó a pagarme las facturas... ¿Y cómo lo sabe? No creo que Marc se lo contara. Mi vida no tiene nada que ver con usted.

–Ahora sí –contestó él, mirando sus confusos ojos verdes–. No tiene un seguro médico privado…

–Pues no.

–Pero evidentemente, necesita cuidados médicos. ¿Y el parto? Si necesitara una cesárea, ¿no querría saber quién va a hacérsela? ¿No querría que fuese un médico de su confianza?

–En este país hay un buen sistema de sanidad pública.

–Pero tendría que esperar colas, ver a un médico diferente cada vez. Hoy en día, si se quiere tener lo mejor, hay que pagarlo. Y usted no tiene dinero.

Tamara lo miró, atónita.

–¿Quiere explicarme cómo sabe tantas cosas sobre mí?

Él se encogió de hombros.

–He hecho un par de llamadas telefónicas.

–¿Ha hecho que me investigaran?

–Mire, no tiene usted ingresos ni familia que la ayude. Pero yo quiero ayudarla.

–Proponiéndome matrimonio –suspiró Tamara–. ¿No le parece un poco exagerado? ¿Qué tal algo más sencillo, como firmar un cheque si tan preocupado está por mí? Aunque yo no quiero su dinero.

–Muy noble por su parte, pero poco práctico.

Aunque no era rico, Marco había rechazado el legado De Luca incluso riéndose de la idea de que los dos hermanos pudieran trabajar juntos. Pero la situación de Tamara era diferente.

–Soy más que capaz de encontrar trabajo –dijo ella.

–Sí, claro, limpiando una peluquería. ¿Eso es lo que quiere, estar todo el día barriendo? Por lo que he visto antes, no está llevando bien el embarazo. ¿Cómo iba a soportarlo?

Orgullosa, Tamara levantó la barbilla. Y, a pesar de su obstinación, Armand tenía que admirarla. Estaba seguro de que podría salir de aquella situación ella sola. Pero se lo guardaría para sí mismo.

–Es un trabajo honesto. Además, pienso terminar la carrera de Administración de Empresas y volver a abrir mi compañía de organización de eventos. O buscar trabajo en otra empresa por el estilo. Pero supongo que usted ya sabrá todo eso, claro.

Armand sonrió. Nada que ver con las señoritas de buena sociedad con las que él solía salir; mujeres de aspecto perfecto y maneras pulidas que lo dejaban frío.

Además, él no creía en el amor romántico.

–Sé que Marco y usted estaban enamorados. Mi hermano me dijo que iba a casarse con él. Evidentemente, tardará algún tiempo en recuperarse de esta pérdida...

–Un momento –lo interrumpió Tamara–. Puede que Marc estuviera enamorado de mí, pero yo no había aceptado casarme con él. Para mí, Marc era un amigo, mi mejor amigo.

Armand se quedó helado.

–¿Suele acostarse con sus amigos, señorita Kendle?

Tamara reaccionó como si la hubiera abofeteado. Indignada, tomó el bolso y lo fulminó con la mirada.

–Me parece que ya he oído suficiente.

Pero cuando iba a levantarse, Armand De Luca la sujetó del brazo. Estaban más cerca que antes y, cuando se miraron a los ojos, Armand tuvo que tragar saliva. Era como si hubiera un cable eléctrico entre ellos.

Quizá no se sentía atraída por su hermano, pero había una gran atracción entre ellos. Eso era indudable. Por evidentes razones, Armand no había esperado aquello… y no sabía qué hacer.

–¿No se sentía atraída sexualmente por Marco? –le preguntó.

–Marc era un hombre bueno y cariñoso y lo dejaba todo si un amigo necesitaba su ayuda. Ocurrió sólo una vez –Tamara apartó la mirada–. No espero que usted lo entienda.

–Sé que lo ha pasado usted mal –murmuró él, que sabía lo de la empresa y lo del incendio–. Pero ahora tiene la oportunidad de cambiar las cosas.

–¿A través de un matrimonio de conveniencia? –preguntó ella, irónica. Sin embargo, la vulnerabilidad que había en sus ojos, su abierta inocencia, lograron encontrar el camino hacia su corazón y Armand asintió–. ¿Y qué gana usted con ello?

–Ese niño tendrá un padre y una madre.

–¿Y?

–¿Necesita otra razón?

Tamara Kendle tampoco sabía lo que era una familia feliz. Su vida había sido menos privilegiada que la de Armand. Un padre ausente y una madre sin educación... La infancia de Tamara hacía que la suya pareciese una merienda en el campo. Por eso, la seguridad económica que podría ofrecerle a su hijo debería persuadirla para que aceptase.

Un grupo de gaviotas levantó el vuelo cuando Tamara se levantó para acercarse a la barandilla del paseo. La brisa, más fuerte allí, movía su pelo convirtiéndolo en un montón de lazos oscuros que bailaban por su espalda.

–Usted mismo ha dicho que soy una persona inteligente, señor De Luca. Por favor, no esquive mis preguntas.

Él asintió con la cabeza.

–Sí, es cierto, hay otra razón. Necesito obtener el control total en la empresa de mi padre.

–¿No la heredó usted?

–No del todo. Al morir, mi padre dejó gran parte de sus acciones en un fideicomiso.

–¿Y qué tengo yo que ver con eso?

–Debo cumplir con una de las cláusulas del testamento, señorita Kendle. Debo tener un hijo antes de cumplir los treinta y tres años. En otras palabras, debo tener un heredero legítimo en siete meses.

–¿Mi hijo? –exclamó ella, incrédula–. ¿La gente puede hacer eso en un testamento? Suena como algo medieval.

–Dante, mi padre, era un hombre de la vieja guardia. Quería asegurarse de que su legado sería heredado por una nueva generación... es comprensible.

–¿Y si no tiene un hijo para la fecha prevista en el testamento?

–El control de la empresa seguirá en manos del mejor amigo de mi padre, su director jurídico.

Un hombre que no tenía hijos. Alguien a quien Armand había admirado y llamado «tío» desde que era pequeño. Una persona en la que confiaba totalmente y, estaba seguro, le dejaría el control de la empresa de todas formas. Pero Armand quería cumplir los deseos de su padre y, al hacerlo, evitar que Matthew, un hombre íntegro, se viera en una situación comprometida. Convencer a Tamara para que se casara con él eliminaría todos esos obstáculos.

Ella lo miró, escéptica.

–No lo entiendo. Un hombre como usted no tendría ningún problema para encontrar novia. ¿Por qué lo ha dejado hasta ahora?

–Digamos que el amor me ha esquivado.

–¿Quiere encontrar el amor? Pues entonces se dará cuenta de que esto no puede funcionar. Porque yo también quiero encontrar a alguien que me quiera.

Armand la estudió. Era más atractiva de lo que le había parecido al principio, con una piel perfecta, el cuello largo, aristocrático...

–No me malinterprete. Yo no creo en los cuentos de hadas.

–¿Quiere decir que no cree en el amor?

–La mitad de la gente que se casa acaba separándose. Sin embargo, en los matrimonios de conveniencia, el porcentaje de separaciones es sólo del cuatro por ciento. En algunas partes del mundo, ese tipo de matrimonio es considerado un privilegio.

Tamara lo miró, incrédula.

–¿Lo dice en serio?

–Mire, lo que le propongo es un acuerdo, una sociedad hecha de sinceridad y respeto.

–¡Lo que me propone está fuera de la cuestión!

–Entiendo que no es el mejor momento...

–Desde luego que no. Su hermano ha sido enterrado hoy mismo. Y, crea usted lo que crea, yo no soy una propiedad que pueda comprar porque le interesa. Y tampoco lo es mi hijo. Sí, yo también quiero sinceridad y respeto del hombre con el que me case. Pero también quiero amor y pasión.

Sus ojos verdes estaban llenos de fuego.

–Todas las mujeres quieren eso.

–Y la mayoría de los hombres, señor De Luca –replicó ella, muy seria. Armand tragó saliva. No había anticipado aquella discusión–. Mire, yo tengo que irme y usted tiene un avión esperando.

Él miró su reloj. Aún tenía tiempo.

–Puedo llevarla a casa, si le parece.

–No hace falta, tomaré el autobús.

–No es necesario…

–Lo digo en serio, señor De Luca. Y también he dicho en serio lo de no excluirle de la vida de mi hijo. Supongo que tendrá mi número de teléfono.

Sí, lo tenía, pero prefería que ella misma se lo diera. Eso podría ser considerado como un pequeño paso adelante. Armand miró sus dedos mientras anotaba el número. Dedos largos, finos, hechos para llevar diamantes y esmeraldas.

Tamara le dio el papel, se despidió a toda prisa y desapareció. Observándola alejarse bajo las palmeras del paseo marítimo hacia la parada de autobús, Armand se pasó una mano por el pelo. Catorce días y catorce noches en China de repente le parecían mucho tiempo.

Mientras iba hacia su coche, abrió la nota que llevaba en la mano. Y tuvo que detenerse de golpe al leer el mensaje:

¡Déjeme respirar!

Armand sonrió. Le daría dos semanas de respiro. Después de eso, no podía prometerle nada.

Capítulo Dos

Tamara entró en su apartamento sujetándose la muñeca e intentando contener lagrimas de dolor y frustración.

Durante seis días había estado limpiando y barriendo la peluquería, la mayor parte del tiempo de pie. Había tenido que controlar náuseas constantes, ademas de aceptar un salario ridículo, pero la colisión con una compañera, que le dejó la muñeca hinchada y dolorida, fue la gota que colmó el vaso. Después de firmar la renuncia y caminar durante veinte minutos para llegar a casa estaba demasiado agotada como para pensar, demasiado agotada como para que nada le importase. Un terremoto podría mover el continente entero y le daría igual.

Quitándose los zapatos, sacó una bolsa de guisantes congelados de la nevera y se la puso en la muñeca antes de tumbarse en el sofá.

Estaba quedándose dormida cuando sonó el teléfono.

–No me interesa. Déjame en paz –murmuró, tapándose los ojos con la mano.

Pero el teléfono seguía sonando… y podría ser la agencia de empleo, pensó. Incorporándose, apartó las facturas de la mesa y levantó el auricular.

–¿Sí?

–Hola, soy Melanie. Kristin y yo queríamos saber cómo estás. Ha pasado una semana…

Tamara miró al techo. Uno de los pocos beneficios de estar agotada era que no había tenido tiempo de pensar en Marc. Sí, había muerto y siempre lo echaría de menos. A los veintiséis años, podía parecer una mujer fría, pero en realidad era más bien tímida. Y se había sentido siempre tan cómoda con Marc… Ésa era una de las razones por las que fue tan especial para ella y por las que el niño significaría aún más.

–Gracias por llamar, Mel. Estoy bien… más o menos. ¿Y vosotras?

Mientras Melanie hablaba, Tamara revisó algunas facturas que no podía pagar y una carta escrita en letras rojas avisando de que debía el alquiler. Se preguntó entonces cómo desahuciaban a la gente... ¿la echarían de allí tirándole de las orejas?

Entonces sonó el timbre y Tamara arrugó el papel que tenía en la mano.

–¿Qué pasa? –preguntó Melanie.

–Están llamando a la puerta. Luego hablamos.

Si era el administrador para echarla del apartamento no tenía sentido retrasarlo. Pero, ¿dónde iba a encontrar algo más barato?

Sin embargo, cuando abrió la puerta su corazón se puso a latir como loco. Lo primero que vio fueron unos pantalones oscuros muy elegantes, luego una camisa blanca... Más arriba, una barbilla como la de los actores de cine y un mechón de pelo cayendo sobre la frente masculina. Y luego la mirada azul, hipnótica.

Armand De Luca.

–¿No dijo que iba a estar fuera del país durante dos semanas?

–Pero sólo ha sido una.

–No me lo diga. Ya se ha enterado.

–A ver si lo adivino: se ha cansado de su trabajo en la peluquería –contestó él, mirando la bolsa de guisantes congelados mientras entraba en el salón sin ser invitado–. Y ya veo por qué.

–Le invitaría a entrar… pero ya está dentro.

–No tiene buena pinta –dijo Armand, señalando su muñeca.

–No es nada. Sólo tengo que descansar la mano un poco.

–La mano y usted necesitan mucho descanso, me temo.

–Pues sí, tiene razón. Así que, si no le importa... –Tamara señaló la puerta, pero Armand De Luca no se movió y ella dejó escapar un suspiro–. Bueno, ¿va a decirme qué quiere?

–Llámame Armand. Y sólo he venido a decirte que puedes vivir en mi casa.

Tamara estuvo a punto de dar un paso atrás, horrorizada. Pero no pensaba darle esa satisfacción.

–¿Que me vaya a casa con usted... así, sin más?

–Armand, me llamo Armand. Llámame de tú, por favor. Y no, así sin más, no. No sólo tienes un problema en la muñeca, además pareces haber olvidado nuestra conversación de la semana pasada.

Tamara, que no podía hacer frente al magnetismo animal y al embriagador aroma masculino, se apartó un poco.

–No he olvidado nada.

Incluyendo la absurda oferta de casarse con ella. Pero entonces Armand miró hacia el salón y arrugó el ceño. Oh, no. Debía haber visto las facturas. Y cuando se acercó para echarles un vistazo el instinto le dijo que protestar no valdría de nada.

–¿Tienes algún sitio al que ir?

–No es tan horrible, no exageres –contestó ella, como si no tuviera importancia.

Armand no dijo nada y Tamara se vio obligada a enfrentarse a la realidad. No tenía a nadie. Melanie y Kristin y un par de amigos de la facultad, pero nadie en cuya casa pudiera alojarse.

Su madre vivía en Melbourne, pero no solían hablar a menudo, algo que la apenaba y la tranquilizaba a la vez. Qué extraño querer a alguien en cuya compañía una se sentía invisible. Durante un tiempo habría hecho el pino para que su madre se fijara en ella, pero después decidió que era una pérdida de tiempo. Elaine Kendle era así y nadie podría cambiarla jamás.

–No voy a discutir –dijo Armand entonces–. Si quieres quedarte aquí hasta que vengan a echarte del apartamento... lo cual podría ser en cualquier momento, es tu problema.

Luego se dirigió a la puerta, pero Tamara lo detuvo.

–Espera.

Él se dio la vuelta y la miró en silencio durante unos segundos. Después, con toda tranquilidad, le ofreció su mano. Tamara vaciló un momento, pero después de dejar escapar un suspiro de resignación, decidió aceptarla.

Cuando los largos dedos masculinos envolvieron los suyos, el calor de su piel la hizo temblar.

–Dime qué quieres llevarte.

Juntos metieron algunas cosas en bolsas: su

ropa, varios libros y a Einstein, su planta. Pero la situación, aquel guapo y persistente hombre… todo le parecía irreal.

Cuando la puerta se cerró tras ellos unos minutos después, Tamara seguía mareada. De nuevo, su vida había dado un giro inesperado. Estudió a Armand, que iba cargado con sus cosas, y se preguntó qué otras barreras estaría dispuesto a tirar.

Unos ojazos marrones y un aliento que haría llorar a una cabeza de ajo recibieron a Tamara en la cocina de Armand De Luca.

Arrodillándose, Tamara bloqueó mentalmente su nariz para acariciar al anciano perro dormido.

–¿Desde cuándo tienes a Master, desde la edad de hielo?

–Desde la edad de hielo no –contestó Armand, tras ella–. Pero sí desde que me puse pantalones largos por primera vez.

Ella lo miró entonces, sorprendida. Se había puesto unos vaqueros nada más llegar a casa. Y su «casa» era una mansión de estilo mediterráneo en la zona más exclusiva de Sidney.

Visibles a través de una pared enteramente de cristal, enormes pinos decoraban un jardín con césped inmaculado, frente a una maravillosa vista del puerto, con sus yates y el famoso edificio de la Ópera de Sidney al fondo. En el interior, suelos de mármol, columnas de piedra... muebles de diseño, obras de arte, antigüedades.

–Este sitio es enorme –murmuró Tamara, acariciando las orejas de Master–. Seguro que el pobre se siente solo.

No había duda de que Armand pasaba la mayor parte del tiempo en la oficina y, en aquella enorme mansión, cualquiera podría sentirse solo, hasta un perro.

Cuando él se acercó un poco más, Tamara se sujetó la mano vendada y se obligó a sí misma a respirar. Su mirada seguía siendo la de un depredador, pero también algo perezosa, como la de una pantera despreocupada de que su presa quisiera escapar.

–El guarda y Master son amigos, así que no se siente solo. Además, quiere mucho a mi ama de llaves. A ti también te gustará Ruth.

Había conocido a Ruth Sherman antes y le pareció muy agradable. Pero Tamara no tenía pensado mantener una relación con nadie de la casa.

–No creo que esté aquí tanto tiempo.

–Ah, entonces debes tener un plan –dijo Armand, cruzándose de brazos.

–Pues claro.

–Vas a buscar otro trabajo.

–Hasta hace muy poco, siempre he tenido trabajo –replicó ella, muy digna.

–Ya lo sé. Desde que dejaste el colegio.

El comentario la molestó, pero Armand había visto sus libros de texto. Estaba a punto de conseguir un título en Dirección de Empresas.

–Pues sí. Y luego abrí mi propia empresa.

–Eventos Ejemplares, organización de eventos y fiestas –sonrió él, sacando dos tazas del armario–. Peluquera de profesión, encontraste tu verdadera vocación por casualidad después de organizar un par de fiestas para tus amigos.

Sí, estaba claro que la había investigado.

–Fiestas de Navidad, fiestas de colegio, un par de cenas benéficas... pero dar el paso para organizar eventos empresariales no fue tan fácil.

Fiestas para empresas, caterings, estrenos teatrales, cada encargo había sido emocionante y Tamara lo había hecho bien durante un tiempo. Hasta que su falta de conocimientos se convirtió en un problema. Ella no era particularmente buena con los números.

–Un cliente insatisfecho se negó a pagar por un evento extravagante que tú habías organizado. La pérdida fue demasiado para ti y el banco te pidió que devolvieras el préstamo. Y te quedaste sin negocio.

Tamara se agarró al respaldo de una silla.

–Lo perdí todo, sí.

Gracias a Barclays Australasia.

Su coupé rojo fue lo primero que perdió. Y a ella le encantaba aquel coche. También tuvo que vender sus cosas... y el banco se habría quedado con su modesta pero coqueta casa si el incendio no se la hubiera devorado antes. La letra pequeña en la póliza del seguro decía: «adiós verja blanca, hola apartamento diminuto».

Todo perdido.

–La vida no es siempre justa –dijo Armand.

–Sí, claro. Quizá podríamos ir a dar otra vuelta en tu Bentley para que me digas qué es justo y qué no lo es.

–No saques las garras, Tamara. Estoy aquí para ayudarte.

Sí, más bien para ayudarse a sí mismo.

El ama de llaves de Armand entró entonces en la cocina y su entrada rompió la tensión. Ruth desafiaba todas las reglas de lo que debería ser un ama de llaves: alta, esbelta, con un bonito traje en lugar de uniforme. Debía tener unos sesenta años, pero seguía siendo una mujer atractiva. Lo único que delataba su profesión era el delantal blanco.

–¿Necesita algo más, señor De Luca?

–No, yo me encargo de todo, gracias.

–Encantada de conocerla, señorita Kendle.

–Gracias otra vez por el sándwich, Ruth. Estaba riquísimo –sonrió Tamara. Con las hormonas enloquecidas por el embarazo, un bocadillo de jamón y queso nunca le había sabido mejor.

–Pues ya verá cuando pruebe mi ternera Wellington –sonrió el ama de llaves, colgando el delantal detrás de la puerta–. Es el plato favorito del señor De Luca.

–No, el pastel de chocolate y menta es mi favorito –dijo Armand.

–Ah, es verdad, es un goloso. Por cierto, hay que llevar a Master al veterinario...

–Yo me encargo –la interrumpió él–. Que pase un buen fin de semana.

Cuando Ruth salió de la cocina, Armand se volvió hacia Tamara.

–Estábamos hablando de tu negocio.

–Sí, bueno... sé que ahora mismo no estoy en las mejores circunstancias, pero me las arreglaré.

–¿Como lo hizo tu madre?

Tamara levantó la mirada, atónita. A pesar de su carácter, ella quería a su madre y pensaba incluirla en la vida de su hijo. Y si se atrevía a mencionar a su padre...

Algunas cosas era mejor dejarlas enterradas.

–Mi madre no tiene nada que ver con esto.

–Sí, tienes razón. Estábamos hablando de ti y de las oportunidades que tú, como madre, decidas darle o negarle a tu hijo.

–Eso no es justo.

–Me parece que ya hemos tenido esa discusión.

Tan frío. Tan tranquilo. Tan irritante.

Tamara se levantó para mirar el jardín. Mantener aquello debía costar una fortuna, pensó. Los días no serían más cortos cuando tuviera el niño, particularmente si conseguía levantar su negocio. Además, no tener a nadie que la ayudase significaba tener que cuidar de él personalmente...

Un matrimonio de conveniencia con Armand De Luca... eso significaría no tener que vivir angustiada...

¿En qué estaba pensando? Ella quería amar al hombre con el que se casara, no estar en deuda con él. Aunque Armand la hiciera sentir temporalmente a salvo.

–Piensa en las oportunidades que le brindarías a tu hijo, ahora y en el futuro.

Un futuro de oportunidades, de seguridad, con un apellido que le abriría todas las puertas. Lo único que tenía que hacer era casarse con un extraño.

Tamara se mordió los labios, pensativa.

–No creas que estoy diciendo que sí porque no es eso, pero… si nos casáramos…

No pudo terminar la frase.

–¿Quieres saber si el matrimonio conllevaría derechos conyugales?

Ella tragó saliva.

–Ése es un término muy anticuado, ¿no?

–El matrimonio es una institución anticuada –respondió Armand–. Crear y mantener lazos físicos es importante para una relación.

–¿Y los lazos emocionales?

–¿Se te ocurre algo mejor para estar cerca de alguien que la intimidad física? Si aceptas casarte conmigo, aceptas compartir mi cama y la de nadie más.

–Lo dices como si fuera una orden –replicó Tamara.

Pero las chispas que salían de sus ojos no eran sólo de indignación. Una parte de ella se negaba a acostarse con un hombre al que apenas conocía. Pero otra parte, una más secreta, se preguntaba cómo serían sus besos, cómo sería tocar la sombra de barba al final del día mientras la abrazaba, explorando, acariciando...

No estaba bien pensar de esa manera y, por alguna razón, le parecía una falta de respeto hacia la memoria de Marc. Pero no podía evitarlo teniendo a Armand tan cerca.

Como si hubiera leído sus pensamientos, él se acercó. De espaldas, Tamara sintió los ojos del hombre clavados en ella.

–¿La idea de consumar el matrimonio te preocupa?

Esa pregunta despertó una imagen... la boca de Armand buscando la suya, su cuerpo desnudo apretando el suyo contra la cama...

Aquello era demasiado intenso. Demasiado pronto.

Tamara se volvió para mirarlo... o más bien para chocarse contra su torso. Luego, nerviosa, se apartó.

–Estás hablando con una mujer que cree en los cuentos de hadas –le dijo dirigiéndose a la puerta–. Y, por cierto, estaba hablando por teléfono cuando llegaste a mi casa. Si no te importa, me gustaría retomar esa conversación.

–¿Una amiga?

–Melanie Harris, amiga de Marc también.

–¿Y sabe lo del niño?

A Tamara se le encogió el corazón. No se lo había contado a nadie salvo a Marc. De hecho, las dos únicas personas en el mundo que lo sabían estaban en aquella cocina.

–Nadie sabe nada sobre el niño más que tú.

–Mejor.

Tamara arrugó el ceño. A lo mejor no lo había oído bien.

–¿Qué quieres decir con eso?

–En el testamento se estipula que debe ser un heredero legítimo.

–¿Quieres que la gente crea que el niño...?

–La ley ve a cualquier niño nacido en el matrimonio como un hijo legítimo. A menos que alguien reclame la paternidad, claro. Que nadie sepa la verdad hace que todo sea más... conveniente.

–¿No quieres que nadie sepa que Marc es el padre del niño?

–Cuando tenga edad suficiente le diremos la verdad. Es lo más justo para todos. ¿No crees que sería complicado para él saber la verdad desde el principio?

Tamara asintió con la cabeza. Para que Armand retomase el control de la empresa, Dante De Luca había estipulado que debía tener un hijo. La solución parecía obvia.

–¿Un sobrino no sería un heredero legítimo? ¿O un hijo adoptado?

–Según los términos del testamento de mi padre, no. La cláusula es muy específica. Pero seguiremos hablando mañana, ahora pareces cansada.

No, ya no estaba cansada. Estaba agotada. Le pesaban las piernas y se le cerraban los ojos.

–Me apetece tumbarme un rato, sí.

–¿Te duele la muñeca?

–No, ya estoy mejor.

–No sé si te he puesto bien la venda, pero te llevaré al médico mañana. Y no sólo por la muñeca.

–La venda está perfectamente –replicó ella–. Y si te refieres al niño, iré a mi propio médico.

Era su médico de cabecera y se sentía a gusto con él. Lo del ginecólogo podía esperar.

–Lo hablaremos mañana –insistió Armand, con el tono de alguien que ha tomado una decisión firme.

–¿Siempre eres así de mandón?

–Es una costumbre. Y después de ir al médico iremos a elegir las invitaciones para la boda.

Un coro de alarma empezó a sonar en el cerebro de Tamara. Ella aún no había dicho que sí. Pero cuando lo miró, en sus ojos azules vio un brillo burlón...

–Me gusta estar preparado en todo momento.

Capítulo Tres

En la elegante oficina de la compañía De Luca, Armand se levantó del sillón con una sonrisa en los labios. Ocupado con unos informes económicos desde que volvió de Pekín, su secretaria sabía que nadie debía molestarlo. Pero siempre había excepciones.

Y en aquella ocasión la excepción era un hombre al que conocía de toda la vida y al que apreciaba muchísimo.

–¡Matthew! Pensé que habías decidido no volver nunca de tus vacaciones.

Alto y delgado, a sus sesenta y cinco años Matthew Mohill parecía más joven de lo que era.

–Ya sabes que me encanta la empresa, pero estas últimas semanas han hecho que me dé cuenta de que tres años son muchos años de espera para tomarse unas vacaciones. No has vivido hasta que disfrutas de unos días en Hawai, en Hamoa Beach. Relajación total.

Estaba moreno y tenía un aspecto muy sano,

muy juvenil. Pero la diferencia iba más allá. Cuando Armand soltó su mano encontró la respuesta en su dedo anular: una alianza.

–¡Te has casado! –exclamó, incrédulo.

Con el aspecto del proverbial gato que se comió al más proverbial canario, Matthew se movió por la oficina.

–Pues sí. Pensé que era demasiado viejo para esas tonterías, pero Evie me ha hecho cambiar de opinión.

–Tenemos que brindar ahora mismo –sonrió Armand, contento. Si Matthew era feliz, él lo era también.

–¿Macallan añejo?

–Un whisky de malta para esta ocasión.

Matthew lo miró, sacudiendo la cabeza.

–¿Quién me iba a decir a mí que sería el primero en subir al altar?

–Pues eras un soltero recalcitrante. Supongo que ella debe ser muy especial.

–Lo es –sonrió Matthew, mientras Armand servía dos copas–. Y supongo que tú no has conocido a nadie...

Desde la muerte de su padre, Matthew Mohill había hecho ese comentario más de una vez... antes de mencionar la famosa cláusula del testamento. Pero a Armand no le preocupaba. El dinero estaba en manos expertas. Matthew era un abogado con mucha experiencia y un devoto amigo de la familia. Pasara lo que pasara, se aseguraría de que Armand recibía esas acciones. Y si todo iba como había planeado, aquélla sería la última vez que hablasen del asunto.

–La verdad es que pienso anunciar mi boda muy pronto.

Matthew lo miró, atónito.

–Pero bueno… ¿y conozco a la afortunada?

Armand tomó un trago de whisky mientras negaba con la cabeza.

–No, Tamara no se mueve en nuestros círculos.

–¿Una chica de origen humilde entonces?

–Sí.

–Como tu madre.

Armand tragó saliva. No le gustaban las comparaciones. Seis años antes había pedido la mano de una chica de una familia impecable y todo había acabado en desastre. Christine Sawyer había intentado vender el anillo de compromiso… una herencia familiar, por cierto. Y luego hablaban de la importancia de tener clase. Y del amor.

–Perdona, ha sido un comentario inapropiado. Estoy seguro de que todo irá bien. ¿Cómo se llama?

–Tamara Kendle.

Matthew asintió.

–Y supongo que está deseando tener familia.

–Podríamos decir que sí.

Durante toda la semana, las náuseas matinales de Tamara la habían dejado agotada, pero por la noche su rostro resplandecía. Aunque ella no pensaba admitir que se encontraba a gusto en su casa, no. Estaba constantemente retándolo con sus pullas y sus fabulosos ojos verdes. Pero la noche anterior no había dicho ni una sola vez que quería marcharse. Eso era un progreso. Y Armand pensaba aprovecharse de ese progreso todo lo que pudiera.

–¿Tienes un minuto, Matthew?

–¿Para hablar del proyecto de China?

–Sí –contestó Armand, abriendo un archivo–. Hay dos zonas industriales que nos resultarían muy convenientes –añadió, indicando un mapa–. Claro que mantendríamos las plantas de fabricación que tenemos en Australia, pero ampliar el negocio en China nos daría unos beneficios muy sustanciosos.

Matthew sonrió. Sin nuevas iniciativas una empresa terminaba por fracasar. Pero eso no sería un problema teniendo a Armand De Luca al mando.

–¿Puedo llevarme el informe? Lo estudiaré con detalle en mi despacho.

–Por supuesto. Ah, y tenemos que cenar juntos una de estas noches.

Cuando todo estuviera decidido con Tamara.

Matthew le dio un golpecito en la espalda.

–Se lo diré a Evie.

Media hora después, Armand entraba en su casa soltándose el nudo de la corbata. Llamó a Tamara, pero no recibió respuesta. Ruth, que tenía la tarde libre, sabía lo de su situación con ella y que esa noche había pensado llevarla a un nuevo restaurante con soberbias vistas de la bahía y la mejor espuma de chocolate de todo Sidney. Pero Master también estaba desaparecido en combate… ¿y dónde se había metido Tamara?

Armand entró en la biblioteca, su habitación favorita, y miró hacia las estanterías superiores, a las que se llegaba con una escalerilla, porque a Tamara le encantaba el olor de los libros.

Pero no estaba allí.

No se habría ido sin decir una palabra, pensó. Además, según pasaba la semana su resistencia se había ido debilitando. Armand se había percatado de que empezaba a sentirse cómoda; se quedaba en el salón con él después de cenar, sentada en el sofá con una buena novela o sus libros de texto mientras él repasaba informes o cifras en su sillón, con Master tumbado sobre la alfombra.

Y hablaban de muchas cosas; no sólo de su situación sino de música o cine. Las comedias románticas no eran lo suyo, pero disfrutaba oyéndola reír cuando veían alguna en televisión.

Y también le gustaba verla sentada en el sofá, con su largo pelo oscuro tan brillante como el satén cayendo por su espalda. Cuando estaba muy concentrada en algún capítulo de un libro, Armand observaba sus labios entreabiertos o cómo acariciaba un mechón de pelo entre los dedos... hasta que tenía que contenerse para no saltar sobre ella.

¿Dónde demonios estaba?

Enseguida encontró la respuesta. Estaba en la piscina, haciendo largos en el agua cristalina, sin apenas formar olas. Sus gráciles movimientos, el pelo echado hacia atrás... todo en ella exudaba gracia, precisión. Belleza.

Su entrepierna y su corazón empezaron a despertarse al unísono.

La atracción sexual era una cosa; se sentían atraídos el uno por el otro y Armand estaba convencido de que podría hacer que Tamara lo admitiese tarde o temprano. ¿Pero esos latidos del corazón?

Pensativo, apoyó un hombro en el quicio de la puerta.

Claramente, su conexión con aquella mujer tenía que ver con el niño. Marco podía haber pasado del apellido y del legado familiar, incluso después de que las barreras hubieran desaparecido, pero su hijo crecería sabiendo que era un De Luca. Como Tamara había señalado juiciosamente, la familia era lo más importante de todo... y ahora no había nada que pudiese impedir esa unión. El error que sus padres cometieron años atrás sería por fin enmendado.

Tamara saltó del agua y se sentó al borde de la piscina, sacudiendo vigorosamente su melena.

Percatándose de que, de nuevo, los latidos de su corazón habían aumentado de ritmo, Armand sólo podía mirar aquellas piernas tan largas, los firmes pechos que hablaban de pecados cometidos entre las sábanas durante la noche de bodas...

Antes que eso si él podía hacer algo.

En ese momento Tamara se dio cuenta de que la estaba mirando y se levantó de un salto.

–No sabía que hubieras vuelto.

–La última reunión fue cancelada.

No hacía falta decirle que había sido él quien la canceló.

–¿Y no tenías nada en lo que ocuparte? Pensé que eras un adicto al trabajo.

–Es viernes.

–Ah, bueno, en ese caso… –sonrió Tamara, acercándose a la tumbona para tomar la toalla.

Pero Armand no quería que se secara. Quería ese bañador rojo pegado a su cuerpo, mojado, cálido. Y aquel día eso parecía más cercano que nunca.

Estaba seguro de que no había imaginado sus miraditas, aunque Tamara intentase disimular; ni cómo el ambiente parecía llenarse de electricidad cuando estaban cerca. Aún lloraba a Marco, pero sólo como amigo. El final de cuento de hadas que ella anhelaba nunca había tenido nada que ver con su hermano.

Tampoco Armand podría darle esa fantasía; esa parte de él estaba enterrada para siempre. Pero si quería la ilusión del amor, si quería creer que el futuro estaría hecho de violines y flechas de Cupido, ¿qué había de malo? De hecho, eso podía jugar a su favor.

–¿Has tomado una decisión sobre mi propuesta? Llevas aquí una semana.

–Sí, una semana entera –sonrió Tamara.

–Y entiendes que el tiempo es importante para mí.

–Claro –dijo ella, secándose la garganta–. Tu cumpleaños es dentro de unos meses.

–Hay que organizar muchas cosas…

–Ésta no es una decisión poco importante.

Armand metió las manos en los bolsillos del pantalón.

–Es una decisión muy importante, pero sobre todo para el niño. Y para ti también.

–Ya.

Él dejó escapar un suspiro.

–¿Qué tal van tus estudios?

–Regular.

–Si necesitas ayuda, los números son lo mío.

Aunque no necesitaría su título universitario cuando estuvieran casados.

Tamara se envolvió en la toalla, dejando al descubierto sólo los tobillos y los hombros.

–Dime que lo estás pensando.

–No hace falta. Me gusta estudiar y…

–No me refería a eso, sino a mi proposición.

Ella apartó la mirada.

–¿No podemos hablarlo más tarde?

–Dilo.

Tamara se encogió de hombros.

–Bueno, de acuerdo. Lo estoy pensando.

–¿Puedo hacer algo para inclinar la balanza a mi favor?

Una gota de agua empezó a deslizarse por su escote y Armand tuvo que apretar los dientes.

–Haberme dado una casa y llenar mi armario con unos vestidos que serían la envidia de cualquier actriz de Hollywood es más que suficiente.

Después de ver su ropa, Armand había llamado a su ayudante. Veinticuatro horas después, un famoso estilista había llevado un montón de vestidos a la casa. Las tallas, el estilo y los colores eran perfectos. El tercer día, Tamara había dejado de protestar.

–Pronto necesitarás otro vestido –dijo Armand, mirándola de arriba abajo–. Un vestido de novia.

Mientras él la imaginaba con un precioso vestido blanco con velo a juego, ella dio un paso atrás, indignada.

–Un momento. Aún no he tomado una decisión.

–Pues entonces deja que yo te ayude –replicó Armand, tomándola por la cintura, disfrutando del calor de su cuerpo mojado. Cuando se inclinó para buscar sus labios, ella puso las dos manos en su pecho para apartarlo. Pero con una mano sujetando su trasero y la otra su cabeza, Armand la retuvo. Sabía lo que estaba haciendo. Sólo un segundo más y…

Siguió besándola hasta que, por fin, Tamara se rindió, sus dedos abriéndose para acariciar, no para apartarlo.

Cuando la oyó gemir, todas las células de su

cuerpo subieron una marcha, pasando de placentera táctica de seducción a fascinación total. Armand sentía un río de lava corriendo por sus venas mientras saboreaba su boca.

Después de unos minutos interminables se separaron, pero mientras Armand abrió los ojos ella los mantuvo cerrados.

Sí, aquello iba a funcionar perfectamente.

–Tamara...

Ella abrió los ojos y en ellos pudo ver una vulnerabilidad que casi lo emocionó.

–Sigo pensándolo.

–A lo mejor le estás dando demasiadas vueltas. Esta decisión no debería ser tan difícil –sugirió Armand, sin soltarla–. No soy tu enemigo, Tamara. Todos los cuentos de hadas empiezan con un conflicto. Mira *La bella y la bestia*, por ejemplo.

–Tú no crees en cuentos de hadas.

–A lo mejor hay alguien especial que me ayude a creer.

Se sintió culpable por contar una mentira, pero decidió concentrarse en el futuro, en el cambio que veía en su expresión...

Debería besarla de nuevo; ella no se resistiría. Pero las mejores tácticas de seducción requerían tiempo. Eso significaba retrasar la gratificación, pero hasta el día más brillante al final tenía que rendirse a la noche.

–Esta noche vamos a salir a cenar. Ponte algo elegante.

No hacía falta sugerir que se dejara el pelo suelo porque Tamara solía llevarlo así.

–Estoy un poco cansada…

–No podemos quedarnos en casa todo el tiempo.

Ella se encogió de hombros.

–¿Por qué no?

Armand no pareció oírla.

–¿Te parece bien a las ocho? No sé tú… –dijo, mirándola de arriba abajo–, pero yo estoy hambriento.

Capítulo Cuatro

A Tamara no le gustaban nada las sorpresas. Prefería ver bien lo que había delante y preparar una estrategia para decidir qué curso de acción debía tomar. Las «aventuras locas» no estaban en su lista.

Pero entonces Armand De Luca había aparecido en su vida.

Durante aquellos días, Armand la había tratado como a una princesa, invitándola a cenar en los mejores restaurantes, conversando sobre mil cosas, buscando cualquier oportunidad para tocarla... un roce en la mejilla, un apretón de manos, un baile lento después de una deliciosa cena... en el que le había robado otro beso. Aunque su mente se resistía, su cuerpo le pedía más.

Aquella mañana de diciembre, cuando sugirió que fueran de compras a los grandes almacenes más famosos de Sidney, Tamara intentó ser juiciosa. El brillo de sus ojos le decía que tenía un plan. Y ahora, mientras se abrían paso entre la gente, se preguntó si ese plan tendría algo que ver con joyerías y anillos de compromiso.

Armand tomó su mano. Su sonrisa, una combinación de encanto y seguridad, hizo que se le encogiera el estómago. Y la sensación debía mostrarse en su cara.

–Tienes que descansar.

–No hace falta, me encuentro perfectamente.

No había vomitado aquella mañana y, por primera vez en mucho tiempo, se sentía llena de energía. Las últimas dos semanas viviendo en casa de Armand lo habían cambiado todo y no podía evitar sentirse agradecida. Como no podía evitar sentirse atraída por aquel hombre tan seguro de sí mismo, tan decidido.

El beso de la noche anterior la había dejado con las piernas temblorosas, pero después de pasar algún tiempo juntos y descubrir algo más sobre él, sus sentimientos empezaban a cambiar. Aunque le costase reconocerlo.

Armand De Luca había empezado a gustarle.

Quizá eran las hormonas, pero no la sorprendía ese repentino cambio. Le gustaría ver a alguna mujer intentando resistirse a los encantos de Armand.

Pero De Luca era un astuto hombre de negocios, no debía olvidarlo. Tenía que solucionar un asunto de su interés y la necesitaba a ella para eso. Nada más. Que hubiera empezado a gustarle no significaba que el sentimiento fuese recíproco. La mención a los cuentos de hadas, el beso... todo eso no era más que un medio para llegar a un fin. A ella no le gustaban las sorpresas, pero le gustaban menos las decepciones.

Tamara lo miró entonces. Llevaba un jersey de punto que destacaba la anchura de sus hombros y los poderosos bíceps. Pero cuando miró hacia arriba su corazón se aceleró al ver que tenía el ceño fruncido.

–¿Pasa algo?

–No, estaba repasando mentalmente la agenda de esta tarde.

–Pero si es sábado.

Aunque daba igual. Los hombres como Armand De Luca vivían para el trabajo. Ella siempre había admirado a la gente trabajadora, pero aquel día, no sabía por qué, desearía que no tuviera que irse a la oficina.

–He organizado una reunión del consejo de administración.

–¿Tan urgente era?

Curioso. Un par de meses antes, Tamara no

habría hecho esa pregunta porque todo era urgente en su empresa y no había fines de semana ni días libres. Pero, aunque estaba decidida a levantarla de nuevo, los días de trabajo sin descanso ahora le parecían muy lejanos.

Algo que, en otro sentido, reflejaba sus sentimientos por Marc. Nunca olvidaría a su amigo, pero el dolor de la pérdida empezaba a hacerse soportable. A veces incluso conseguía sonreír al pensar en él. Melanie y Kristin también parecían haber empezado a aceptar lo inevitable y eso era lo que Marc habría querido.

Tiras de espumillón dorado, verde y rojo colgaban sobre sus cabezas mientras subían por la escalera mecánica de los grandes almacenes, con una canción navideña de Bing Crosby sonando en los altavoces.

–La reunión es sobre mi propuesta de expansión en China. Hablamos de ello la otra noche.

Tamara lo recordaba bien. Sus ojos brillaban como canicas cuando le explicó que, como presidente de la empresa, necesitaba desarrollar estrategias de mercado para que DLE siguiera creciendo. A veces Tamara se preguntaba cómo sacaba tiempo para estar en casa. ¿Lo encontraría cuando llegase el niño?

Claro que eso sólo sería importante si decidía aceptar su oferta de matrimonio. Y aún no había tomado una decisión.

–No creo que la reunión dure mucho. Daré la información, se votará y luego cada uno se irá a su casa.

–¿Matthew Mohill estará en esa reunión? –preguntó Tamara. Se había quedado con el nombre del amigo de Dante De Luca, el hombre al que había confiado los intereses de la compañía.

–Sí, claro. Matthew es un miembro muy respetado del consejo de administración. Podría votar por poderes, pero yo no organizaría una reunión como ésta sin él.

Pero algo en su expresión hizo que Tamara se preguntase si estaba tan seguro como parecía.

En ese momento pasaban por delante de un enorme Santa Claus mecánico.

–¿Quieres pedirle un deseo?

–Lo único que quiero pedir es que mi hijo nazca sano.

Armand sonrió.

–Pues entonces voy a pedirlo yo.

–No sé si te lo concederá. ¿Has sido un buen chico?

–Buenísimo.

Cuando la miraba de esa forma, como si fuera su pastel favorito, le resultaba difícil pensar y más difícil mantener una conversación.

–Muy bien. Pero como ya tienes edad para dormir con la luz apagada, sólo puedes pedir un deseo.

–Ojalá no tuviera que ser bueno siempre –se quejó Armand en voz baja.

–No creo que a Santa Claus le gustase oír eso.

–Me da igual. Además, no creo que pudiera sentirme satisfecho sólo con un deseo –insistió él, tomándola por la cintura.

–¿Y si sólo pudieras pedir uno?

–Prefiero ser avaricioso.

–¿Seguimos hablando de la Navidad? –bromeó Tamara.

–No, aún falta una semana para eso.

No parecía en absoluto preocupado por estar en un sitio público o porque la gente que pasaba los mirase. Tamara sabía que en otro momento o con otro hombre se sentiría avergonzada, pero con Armand De Luca era difícil descifrar qué resultaba apropiado y qué no. Sólo entendía el placer de estar cerca de él, apretada contra su torso.

–Tengo la impresión de que tú ni siquiera sabes deletrear la palabra «bueno».

–¿Cómo que no? Empieza por «t» y acaba por «u».

Armand le dio un mordisquito en la oreja y Tamara sintió un escalofrío que la recorrió de la cabeza a los pies. Y tuvo que sonreír. No era bueno, era estupendo.

Había vuelto a respirar con normalidad cuando llegaron frente a unas cortinas de terciopelo que parecían estar esperándolos.

–Señor De Luca, todo está preparado como nos había pedido –les dijo una empleada, con una sonrisa de oreja a oreja.

–Ya sabía yo que tenías algo planeado.

–Es una pequeña sorpresa –sonrió Armand.

–¿Qué es?

Evidentemente, nada de anillos de compromiso y, con un poco de suerte, tampoco sería más ropa. Ya tenía un vestidor lleno de trajes de diseño, incluido el vestido de color mandarina que llevaba aquel día. Se sentía como una princesa con aquel vestido suave como la seda. Claro que se sentiría como una princesa llevando un saco… si iba con Armand De Luca.

–Si no te gusta, dímelo –dijo él.

–¿Si no me gusta qué?

En ese momento se abrieron las cortinas y el corazón de Tamara dio un vuelco. Tuvo que llevarse una mano a la boca para contener un grito.

Tras las cortinas había una preciosa habitación infantil, con una mecedora, un cambiador, un parque, una cuna de madera hecha a mano… las sábanas eran de encaje de Bruselas nada menos. Y un trenecito dando vueltas en el suelo. Tamara vio a su niño en aquella cuna y casi le pareció oírse a sí misma cantándole una nana sentada en la mecedora…

–Esto es…

–¿Demasiado?

–Perfecto –contestó ella.

–A mí también me lo parece.

Tamara se acercó a la cuna para tocar la sabanita bordada… aún así tenía dudas. Pero ni siquiera un magnate como él manipularía a una mujer de esa manera para salirse con la suya. Tamara miró su perfil: nariz recta, mandíbula invencible, satisfacción irradiando por todos sus poros. Nadie era tan buen actor. ¿O sí?

–¿De verdad te gusta?

–Tenemos unos ositos de peluche preciosos en la planta de arriba –dijo la dependienta.

–La señora dice que tienen ositos de peluche.

Tamara cerró los ojos un momento y vio la imagen de un reloj de arena. Tenía que tomar una decisión. Y ya no había vuelta atrás.

***

Una hora después, con la capota del Jaguar bajada, tomaban la autopista que corría paralela al mar. Pero no iban a casa... o al menos, aquél no era el camino para volver a casa. Armand tomó una carretera secundaria flanqueada de pinos y detuvo el coche frente a un precipicio con una vista espectacular. El Océano Pacífico parecía infinito desde allí. La brisa movía su pelo y la sensación de soledad, de ser la dueña de todo aquello era irreal.

Armand la ayudó a bajar del coche y sacó una manta del maletero.

–Siéntate un rato conmigo.

–Estamos muy lejos de la ciudad. ¿Puedo confiar en ti?

Armand se colocó las gafas de sol sobre la cabeza.

–¿Tienes miedo de que te tire por el precipicio?

–No, tonto.

Sonriendo, Armand colocó la manta sobre la hierba y la ayudó a sentarse.

–Me encanta el mar, la soledad, la enormidad de este paisaje. Algún día tenemos que salir a navegar.

–¿Tienes un barco?

–Un yate de cincuenta pies de eslora.

–Ah, claro, debería haberlo imaginado.

–Es muy especial. Pero el primero que tuve era una barca. Salía con mis amigos y nos dejábamos el aliento remando durante horas.

–Qué tortura. ¿Sigues viendo a tus amigos?

–No tanto como antes, pero seguimos en contacto. Cada dos o tres semanas quedamos para cenar.

–Ah, o sea que también tienes tiempo para pasarlo bien –sonrió Tamara.

–Aprendí algo creciendo con un hombre que sólo pensaba en el trabajo –suspiró él–. Vivir también es importante. Uno tiene que concentrarse en el trabajo, pero todo el mundo, incluso los grandes hombres, necesitan divertirse de vez en cuando.

–Tu padre… nunca pudo superar que tu madre lo dejase, ¿verdad?

A Tamara no le gustaba mucho lo que sabía de Dante De Luca. Aunque quizá habría sido menos duro si su vida familiar hubiera sido más feliz. La pena puede dar paso a la amargura.

–Mi padre la quiso hasta el día que murió. Pero aunque Angela era una mujer bellísima, también era un espíritu libre. Cuando se marchó, mi padre no pudo convencerla para que volviera. Solía decir que su obstinación iba a matarlo…

Desde luego, destrozó a la familia. Eso parecía pensar Armand mientras arrancaba un diente de león, pensativo. Angela no sólo había dejado a su marido, también había dejado atrás a su hijo mayor. Y Tamara sabía algo de eso.

–¿Tus padres fueron novios durante mucho tiempo?

–No lo sé.

–¿Tu madre se casó embarazada?

Armand hizo una mueca.

–No lo creo –contestó–. Pero sí creo en la responsabilidad personal. Uno debe aceptar las consecuencias de sus actos y una promesa es sagrada. Mi madre se negaba a reconocer eso.

–Aceptó casarse con tu padre, pero se negó a cumplir sus promesas matrimoniales. ¿Es eso lo que quieres decir?

Él asintió con la cabeza.

El mensaje estaba claro: si se casaban y el matrimonio fracasaba, Armand lucharía con todas sus fuerzas antes de aceptar el divorcio. Qué ironía. Tamara no podía quitarse de encima a un millonario aunque quisiera y su madre no había sido capaz de olvidar a uno.

Elaine Kendle había creído siempre que el hombre del que estaba enamorada volvería algún día y la sacaría de todos los apuros. Debería haber vuelto a la universidad o buscado un trabajo mejor, pero no lo hizo. Y Tamara estaba decidida a no repetir esos errores, el mayor de todos amar a un hombre que no sabía el significado de esa palabra ni para una mujer ni para su hija.

–No quiero hablar de mis padres, Tamara –la voz de Armand interrumpió sus pensamientos–. Quiero que hablemos de nosotros. Esto puede funcionar, estoy seguro.

–Pero si apenas nos conocemos...

–Sí, lo sé, pero está claro que somos compatibles –la interrumpió él, acariciando su barbilla–. A ti te gusta mi compañía y te gusta que te bese. Y a mí también.

–Un beso no es base suficiente para un matrimonio.

–Supongo que eso depende del beso –sonrió Armand, travieso–. Pero tienes razón. Debemos asegurarnos.

Con un movimiento rápido, casi felino, la tumbó sobre la manta, apretándola contra su pecho.

–¿Qué tal?

Respirando el aroma de su piel, Tamara tuvo que cerrar los ojos. Insegura, pero sabiendo, eso sí, que quería seguir adelante, puso las manos en su pecho.

Sin advertencia previa, la boca de Armand buscó la suya y ella se perdió, esclava de sus emociones. Había esperado aquel beso, la confirmación de sus deseos, pero hasta aquel momento no había sabido cuánto.

Mientras acariciaba sus caderas, Armand la besaba, chupando sabiamente la punta de su lengua, tirando de ella con los labios... Tamara sintió una deliciosa compresión en el útero. Cuando Armand se movió, cambiando el ángulo de la caricia, sintió que no pesaba nada, que estaba flotando. Armand tomó entonces sus muñecas y las colocó sobre su cabeza mientras las olas chocaban contra las rocas en el precipicio y el cuerpo de Tamara pedía más. Sentía que se quemaba de deseo al recibir las caricias de su lengua, con un ritmo que todo su cuerpo deseaba emular.

–Ayúdame a creer. Dime que te casarás conmigo, Tamara –murmuró Armand, apartándose un poco–. No puedo esperar más.

Cuando sacó una cajita de terciopelo del bolsillo y le presentó el más hermoso anillo de rubíes que había visto nunca, Tamara no supo qué decir.

–Este anillo es de mi familia. Mi tatarabuelo materno lo encargó al mejor joyero de Florencia. Aparentemente, el futuro de una pareja queda marcado por la respuesta de la mujer cuando se le entrega este anillo.

Tamara se mordió los labios. Por muchas dudas que tuviera, la respuesta estaba clara en su corazón. El anillo era perfecto, Armand era perfecto. El destino los había unido y la pasión que había en su voz… debía ser el principio. Ella creía en el destino y creía también en el brillo de sus ojos, en su poderoso abrazo. ¿Cómo no iba a creerlo?

De modo que, armándose de valor, asintió.

–Sí.

Armand la miró a los ojos, como si quisiera ver la respuesta en ellos. Luego le puso el anillo y volvió a besarla hasta que ella tuvo que cerrar los ojos.

–Tenemos que fijar una fecha. ¿Qué tal dentro de una semana?

A Tamara se le encogió el estómago. ¿Podían organizar una boda en una semana?

–Pero la semana que viene es Nochebuena…

–Sí, es verdad.

Tamara le echó los brazos al cuello.

–Me gustaría llevar un vestido blanco.

–Estarás guapísima con un vestido blanco.

Ella imaginó una lista interminable de invitados y se sintió un poco abrumada. Tan tímida cuando era pequeña, siempre había imaginado su boda como una ceremonia íntima.

–¿Puede ser una boda sencilla?

–Digamos que… no demasiado escandalosa.

–Las bodas por la iglesia son tan bonitas, pero... ¿podríamos casarnos al aire libre? Me gusta la idea de casarme bajo el cielo azul, rodeados de rosas.

Armand parecía a punto de asentir con la cabeza, pero de repente arrugó el ceño.

–Lo hablaremos esta noche. Ahora tengo que irme.

Luego se incorporó y tomó su mano apara ayudarla a levantarse.

–¿Pasa algo? –preguntó, al ver que Tamara no lo seguía–. ¿Estás mareada?

Ella dejó escapar un suspiro. No estaba mareada. Más bien, decepcionada. Aquellas dos semanas habían sido especiales, pero en cuanto le había dicho que sí... él tenía que irse a una reunión. Quizá era una ingenuidad, pero había esperado algo más.

–No, estoy bien.

Armand De Luca era un ejecutivo importante y así serían las cosas a partir de aquel momento, de modo que debía acostumbrarse. Además, también ella estaría muy ocupada cuando naciera el niño, y más tarde cuando volviese a trabajar.

–Estoy deseando que llegue esta noche –dijo, sujetándose la falda del vestido para subir al Jaguar–. ¿Quieres que cenemos fuera?

Quería celebrarlo y sabía qué vestido iba a ponerse… uno largo, negro, muy elegante. A Armand le encantaría. Y, con un poco de suerte, ese vestido despertaría la chispa de nuevo.

–Una idea estupenda –dijo él, inclinándose para darle un beso en la frente–. Intentaré no llegar tarde.

Capítulo Cinco

Armand entró en casa esa noche después de las diez, furioso. La reunión no había ido como él había esperado. De hecho, había sido un completo desastre. Y luego la noticia que había recibido sobre Tamara, algo que no esperaba en absoluto... En resumen, un día infernal.

Después de tirar las llaves sobre la mesita del vestíbulo y tropezar con una de las patas en forma de garra de león, Armand se pasó una mano por el pelo e intentó concentrarse en lo que iba bien: Tamara había aceptado casarse con él. El niño llevaría el apellido De Luca, algo que, dadas las circunstancias, era lo mejor para todos.

Por el momento, nadie fuera de la casa sabía nada sobre el embarazo y nadie lo sabría hasta después de la boda. Él conseguiría las acciones de su padre... a pesar de la sorpresa que Matthew Mohill había dejado caer en la reunión.

Mascullando una palabrota, Armand se dirigió a su estudio.

Increíble. Él jamás habría sospechado que Matthew pudiera traicionarlo. Pero quizá en cierto sentido debería estarle agradecido al amigo de su padre. Una dura lección, pero en realidad, ¿en quién podía confiar un hombre?

La elegante silueta de Tamara al final de la escalera hizo que se detuviera de golpe. Su corazón se aceleró al verla con aquel vestido negro que destacaba unas curvas cada día más tentadoras.

–Ah, la cena…

–Había pensado llamarte por teléfono, pero imaginé que estarías ocupado y no quería molestarte.

Llevaba el pelo sujeto en un moño, con unas horquillas de diamantes que le había comprado por capricho la semana anterior. La fragancia de su perfume era sutil pero suficientemente embriagadora como para hacerle olvidar sus problemas.

–Lo siento, la reunión ha durado más de lo que esperaba.

–¿Tienes hambre? ¿Quieres un bocadillo? Ruth ha hecho un montón antes de irse, por si acaso.

No tenía hambre. Lo que necesitaba era un whisky y alguna forma de quitarse el cuchillo que le habían clavado en la espalda. Armand tomó la mano de Tamara, que en aquel momento le pareció tan frágil como un pajarillo, y la llevó al estudio.

–¿Qué pasa, Armand?

Él la miró. Sí, era una romántica, pero ahora que habían llegado a un compromiso podía contar con su apoyo, estaba seguro. Su padre había dicho muchas veces que el deber de una esposa era ser la mejor amiga de su marido y que una mujer testaruda era su peor pesadilla. Aunque seguramente lo contrario también era cierto.

–Ha habido un problema.

–No quieres casarte conmigo.

–¿Qué? Claro que quiero casarme contigo. ¿Por qué dices eso?

–No sé, supongo que esta casa tan solitaria me está afectando –suspiró ella.

–No será tan solitaria dentro de unos meses.

No, además del hijo de Marco, tendrían sus propios hijos, niños que llevarían el apellido De Luca, sus propios descendientes. Y él se aseguraría de que tuvieran una infancia feliz. Nada de familias rotas, nada de gritos. Todo solucionado. Empezaría a tomar medidas de inmediato.

–He estado pensando en nombres –dijo Tamara entonces.

–¿Para el niño? Es una tradición en mi familia que el primer hijo lleve el nombre de Daniele, aunque sea un segundo nombre.

–¿Y quién ha dicho que va a ser un niño?

Armand la miró, sorprendido. Ni se le había ocurrido pensar que podría ser una niña. Además, el primer hijo de los De Luca siempre había sido un niño. Aunque, claro, no había garantías.

–Si es una niña se llamará Daniela.

–No sé si me gusta –dijo Tamara.

–¿No?

–Yo estaba pensando en Georgia o en Paige.

Armand sonrió, dejándose caer sobre un sillón.

–No son nombres italianos.

–Es que yo no soy italiana.

–Pero yo sí.

–Sólo en parte.

–La parte que importa.

–¿Qué significa eso?

–Significa que me gusta conservar las tradiciones.

–¿Y si a mí no me gustan esas tradiciones?

–Ya hemos hablado de eso, Tamara…

–¿Ah, sí? ¿Cuándo?

–El matrimonio es una institución anticuada, ya lo sabes.

–¿Quieres decir que una esposa debe hacer lo que su marido quiera?

Armand no contestó. En cualquier caso, el nombre del niño estaba decidido. Tamara aprendería a aceptarlo, como acabaría por aceptarlo a él. Pero, por el momento, lo mejor sería cambiar de tema.

–¿No quieres saber qué tal ha ido la reunión?

Tamara pronto sería su mujer y debería saber la noticia. La noticia sobre el consejo de administración al menos. No había decidido aún qué hacer con la otra.

–Cuéntame.

–Hoy Matthew ha votado en mi contra.

–¿Contra tu idea de ampliar la empresa en Asia?

–Eso es. Yo expliqué los informes preliminares, los números, las proyecciones y los gastos... y entonces, cuando terminé, Matthew dijo que había hecho una investigación independiente y que, en su opinión, era un movimiento arriesgado e innecesario.

–Supongo que habrá sido una enorme sorpresa para ti.

Desde luego, lo había dejado boquiabierto. La última vez que Armand se sintió traicionado, había sido por una mujer. Nunca jamás volvería a dejar que pisotearan su corazón; esa parte ingenua suya había desaparecido para siempre.

–No tuvimos que seguir con la votación. La opinión de Matthew dividió al consejo por la mitad. Me va a costar mucho convencerlos de que tengo razón.

–Lo siento, Armand. Es muy doloroso cuando un amigo no te apoya.

–Matthew y yo podríamos haber hablado del asunto en privado... podría haberme dicho algo antes de la reunión. No es que no me apoyase, es que ha querido lanzar el guante.

–¿Por qué?

–Antes de la reunión me mostró una foto de su esposa. Yo esperaba que fuese alguien de su edad, pero no. Evie Mohill es de tu edad, una belleza nórdica y, evidentemente, una chica ambiciosa.

–¿Crees que lo ha convencido para que intente robarte autoridad en la empresa?

–Y, posiblemente, para seguir controlando las acciones de mi padre.

–Pero Matthew no pondría en peligro vuestra amistad porque su esposa sea una buscavidas. Matthew es un hombre inteligente y muy rico... No puede ser, tienes que estar equivocado.

–No estoy equivocado. Pero puede que tú tengas razón.

–¿Cómo?

–Yo conozco a Matthew tan bien como conocía a mi padre. Lo he visto en sus ojos, Tamara. No se quedó después de la reunión para que hablásemos. Quiere enfrentarse conmigo. Pero tienes razón. No haría eso sólo para satisfacer a su mujer, aunque esté loco por ella. Tiene que ser algo más. Aunque dudo que muestre el resto del rompecabezas hasta que crea tener ventaja sobre mí.

Dejando escapar un suspiro, Tamara tocó la manga de su chaqueta como para consolarlo.

–Esta noche no vas a pegar ojo, ¿verdad?

–No, no lo creo –contestó él que, animado por la caricia, tiró de ella para sentarla en sus rodillas–. Pero al menos estaré agradablemente distraído.

Mientras acariciaba la seda del vestido, Armand imaginó sus pechos, con sus delicadas cumbres rosadas. Cuando imaginó cómo sería acariciarlos, tocarlos con la lengua, decidió que era la hora de irse a la cama.

–Armand… yo quiero esperar.

–¿Hasta después de cenar?

–Hasta la noche de bodas.

Él la miró, sorprendido. Tenía que decirlo de broma.

–Falta una semana para la boda.

–Quiero hacer las cosas bien.

–Las haremos bien, no te preocupes.

–Entonces, ¿lo entiendes?

–¿Si entiendo qué?

–Lo de esperar…

Armand la miró. Miró esa boca tan deliciosa, su garganta, terrenos que deseaba conquistar y hacer suyos.

Esa misma noche.

–No lo dirás en serio.

–¿Tú no prefieres esperar? Eres tú el que siempre habla de la importancia de las tradiciones.

–Y, por lo tanto, debería querer consumar el matrimonio durante la noche de bodas y no antes –murmuró Armand.

Se había atrapado a sí mismo, sí.

Tamara tomó su cara entre las manos para mirarlo a los ojos.

–Quiero que nuestra primera noche juntos signifique algo.

Armand sintió la tentación de prometerle que sería así. Pero sus ojos brillantes tocaban algo en él que no tenía nada que ver con el deseo y su lado más noble consiguió matar a la bestia. Había esperado hasta entonces y podía esperar una semana más. Se casaría con Tamara y, en seis meses, presentaría al mundo un heredero legítimo para cumplir con la cláusula del testamento de su padre.

¿Cuándo se habían vuelto borrosas las líneas de separación?, se preguntó. Una seducción era, supuestamente, lo que iba a ayudarlo a conseguir ese objetivo, no el objetivo en sí.

Además, Tamara tenía razón. Una vez que estuvieran casados, su unión sería para siempre. Aunque todas las fibras de su ser lo empujaban a hacerla suya esa misma noche, aquélla no era una conquista sexual. Iba a ser su futuro, su familia. Y por eso podía esperar.

–Se está haciendo tarde y supongo que estarás cansada. Mañana saldremos a cenar. Ven, te acompaño a tu habitación.

Ahora parecía una niña que acabara de descubrir que no tenía ningún regalo bajo el árbol de Navidad. Pero no era el momento de jugar con fuego. Si volvía a besarla, dudaba que pudiera controlarse.

–O quizá debería quedarme aquí –sugirió.

–Sí, quizá deberías hacerlo –murmuró ella, resignada–. Buenas noches, Armand.

Asintiendo con la cabeza, él la observó salir del estudio antes de volver a dejarse caer en el sillón. Cuando estuvo seguro de que había desaparecido, sacó la nota que su secretaria debía haber dejado en su despacho por la mañana pero que él había descubierto a última hora.

Para impresionarlo, su investigador privado se había esforzado más de lo habitual. Por lo visto, la ruina de Tamara podría haberse evitado. Si hubiera insistido, si lo hubiera amenazado con una demanda, el empresario que le debía dinero habría pagado esas facturas...

¿Por qué no lo había hecho? Por desconocimiento.

Pero no era el momento de sacar el tema, no era el momento de presionarla o Tamara podría echarse atrás.

Armand sacó un mechero del cajón del escritorio y quemó la nota, dejándola caer sobre un cenicero de plata y observando cómo se convertía en cenizas.

Había hecho lo que debía. Tenían que empezar con buen pie; aquella noche Tamara le había confirmado que eso era lo que quería. No tenía por qué decirle que su incompetencia, o su falta de experiencia, había provocado la ruina de su negocio... o que la empresa responsable del préstamo, Barclays Australasia, era propiedad de DLE, su propia compañía.

Tamara podría pensar que él había sabido todo eso antes... incluso que él era el responsable de sus problemas económicos. Que lo había hecho a propósito para convencerla de que se casara con él. Y eso la pondría furiosa. Incluso podría romper el compromiso... y ésa no era una opción. De modo que tenían que olvidarse del asunto.

En una semana habría conseguido su objetivo y Tamara no tendría que volver a preocuparse de nada. El testamento se haría efectivo, Tamara sería suya y por fin serían una familia. Eso era lo único importante.

Capítulo Seis

Golpeando con el bolígrafo la mesa de la cocina, que solía usar como escritorio, Tamara apartó la tostada para concentrarse en el libro de texto.

–¿Algún problema? –le preguntó Armand, arreglándose la corbata.

–Desde luego. Esto es dificilísimo, pero al menos he pasado el último examen.

Afortunadamente. Aunque cada día era más difícil.

–Quizá deberías dejarlo hasta que nazca el niño. Para no cansarte.

–Terminar la carrera es importante para mí.

–Y que tú estés bien es importante para mí. Sé que piensas que tienes que hacerlo, pero tu situación ha cambiado.

–No lo entiendes, Armand…

–¿Qué es lo que no entiendo? Dentro de unos días estarás casada con uno de los hombres más ricos del país. No tienes que preocuparte de nada. Yo me encargo de todo a partir de ahora.

Tamara lo miró, sorprendida. Los hombres como Armand solían «encargarse de todo», sí. Ésa era su manera de resolver los problemas, protegiendo a sus esposas y haciéndose responsables de todo. En teoría, nobles cualidades, pero ella no era una niña dispuesta a dejar que su marido «se encargase de todo».

–No me caso contigo para vivir una vida de privilegios, Armand. Terminar la carrera es muy importante para mí. Es lo que quiero conseguir en la vida.

–Yo siempre he querido una familia y pensé que eso era lo que tú querías también –replicó él.

–¿Quiere una taza de café antes de irse, señor De Luca?

La conversación fue interrumpida por la entrada del ama de llaves.

–No, gracias, Ruth. Llego tarde a la oficina.

Master pareció entender que se iba y, con gran esfuerzo, levantó la cabezota para decirle adiós. Armand se inclinó para acariciarle detrás de las orejas y, cuando se incorporó, con su metro ochenta y siete y aquellos hombros tan anchos... Armand era una torre que nadie podría tumbar. Un guerrero moderno...

Que quería una familia.

Inicialmente, Tamara había pensado que el deseo de casarse con ella tenía que ver exclusivamente con un objetivo empresarial, pero ahora mismo acababa de hablar de la familia de un modo tan natural, como si hablasen de ello todos los días.

–He estado echando un vistazo a algunas consultas de obstetricia y ginecología. La mejor es la doctora Fielding, por lo visto. Conseguiré una cita para ti antes de la boda.

Ah, aquel aire de autoridad otra vez.

–No hace falta –replicó Tamara–. He estado en la consulta de mi médico y todo va bien.

Aunque no le había hecho gracia hacerse un análisis de sangre. No le gustaban nada las agujas.

–Como quieras –suspiró Armand–. ¿Has pensado a quién quieres invitar a la boda?

«Voy a casarme», pensó Tamara entonces. Qué raro sonaba.

Y el día de Nochebuena, además. Preparado como siempre, Armand había organizado todo el papeleo incluso antes de que ella aceptase, pero Tamara no se había quejado.

–Ya he hablado con todas las personas a las que quiero invitar.

–¿Nadie del colegio, algún antiguo vecino?

No, ese día sólo le apetecía ver a las personas con las que mantenía una relación cercana, incluyendo a su madre, naturalmente.

Esperaba que su madre contestase al mensaje que había dejado en su contestador. Sólo hablaban por teléfono tres o cuatro veces al año, pero aquél podía ser un nuevo comienzo. Tenían la mejor razón del mundo para olvidar el pasado: un niño. Elaine pronto sería abuela.

–Matthew irá a la boda –dijo Armand entonces.

–Pensé que habíais discutido.

–Es mucho peor que eso.

–¿Entonces por qué lo invitas?

–¿No has oído eso de «mantén cerca a tus amigos y más cerca a tus enemigos»? Además, muchos de los miembros del consejo de administración asistirán y no quiero que haya rumores.

Tamara mordisqueó una tostada. Armand y Matthew se conocían desde siempre y ese tipo de lazo no podía romperse de la noche a la mañana. Si ella estaba dispuesta a intentarlo con su madre, Armand debería hacerlo también con Matthew.

–Yo creo que es buena idea. Podría ser la oportunidad de hablar de lo que os preocupa.

Armand inclinó a un lado la cabeza.

–Matthew no quiere comprensión o perdón, te lo aseguro. Tiene planes mucho más interesantes. Esto es un negocio, Tamara.

–¿Y no es algo personal también?

–Los negocios siempre son algo personal.

El brillo en los ojos de Armand sugería algo más. Si los negocios eran algo personal, quizá lo contrario también era cierto: lo personal siempre era un negocio.

Tamara evitó su mirada mientras se llevaba una mano al abdomen.

Desde que le dijo que sí, se había convencido a sí misma de que el cinismo de Armand sobre el amor estaba desapareciendo poco a poco, que podrían enamorarse de verdad. Pero quizá se había engañando a sí misma. Quizá ella sólo era la solución práctica para que Armand De Luca consiguiera la familia que quería y, sobre todo, necesitaba.

Si se casaba para descubrir después que sus atenciones sólo habían tenido eso como objetivo, sería un desastre. Armand lucharía con uñas y dientes antes de dejar que ella, o su heredero, se marcharan de casa. Y eso hacía que se preguntase…

¿Querría a aquel niño como debía hacerlo un padre?

Con el maletín en la mano, Armand se inclinó para despedirse y Tamara no pudo evitarlo; las dudas desaparecieron por arte de magia. Lo único que recordaba en aquel momento era el deseo que sentía por el hombre que iba a ser su marido.

–Nos vemos esta noche –murmuró, frotando su nariz contra la de ella antes de salir de la cocina con su elegante traje de Armani.

Afortunadamente, Ruth estaba allí para llenar el vacío.

–¿Qué tal un bollo de chocolate cuando haya terminado con la tostada?

–No, quizá más tarde –sonrió Tamara.

–¿Quiere un vaso de leche para asentar el estómago?

–No, hoy no tengo náuseas, Ruth. Pero tampoco tengo hambre.

En la decimotercera semana de gestación, lo peor de las náuseas había pasado. Se sentía más sana y un poco más rellenita cada día. Pero aunque el aumento de peso era una parte necesaria del embarazo, el médico le había dicho que debería hacer un poco de ejercicio.

De modo que cerró los libros y se levantó.

–De hecho, creo que voy a dar un paseo para abrir el apetito.

–Es una buena hora del día, antes de que empiece a hacer calor. Pero llévese un sombrero.

Tamara habría querido abrazarla. Entre Ruth y Armand se sentía como envuelta en algodones.

–Me llevaré mis libros. Puede que el paisaje despierte mi cerebro.

–¿Quiere llevarse una manta?

–No, creo que me sentaré en el banco que hay al lado de la estatua, en el paseo marítimo.

–A la señora De Luca también le gustaba sentarse allí –sonrió Ruth.

–¿Usted conoció a Angela?

–Sí –contestó el ama de llaves–. Quise marcharme cuando empezaron los problemas, pero después... en fin, no pude hacerlo. Bueno, ya sabe lo que pasó.

–No, Ruth, no lo sé. Armand no me ha contado nada.

–Es comprensible.

Ahora que había abierto la puerta, Tamara no podía cerrarla.

–Cuéntemelo, Ruth. ¿Qué pasó?

–No es cosa mía, no debería contárselo a nadie.

–Yo sé que a veces una mujer no tiene más alternativa que hacer algo que no desea hacer. Pero, ¿por qué alguien en la posición de Angela dejaría a uno de sus hijos?

–No lo dejó. Dante no le permitió que se lo llevara.

–Pero se llevó al pequeño.

–No, en realidad no fue así –suspiró el ama de llaves–. La historia es muy complicada.

–Seguro que sí –asintió Tamara, dejándose caer sobre la silla. Tenía tiempo. Tenía todo el tiempo del mundo y necesitaba saber.

Ruth se quitó el delantal y, mientras lo doblaba, empezó a hablar:

–Al principio todo era ideal. Eran una pareja feliz. Dante ya tenía mucho dinero entonces y Angela era una chica humilde, pero eso nunca fue un problema para ellos. El primer embarazo fue estupendo, pero Angela tardó algunos meses en superar el parto de Marco. Se sentía… perdida. Sí, creo que ésa es la palabra. Quería mucho a sus hijos, pero se sentía sola en casa todo el día. Solía decir que era como una pluma volando alrededor de un solitario laberinto.

Perdida. Esa palabra describía bien la inquietud que sentía Tamara desde que llegó allí.

–Siga, por favor.

–El señor De Luca intentó entenderla. La animó para que organizase eventos benéficos, contrató a una niñera… pero nada de eso era suficiente. Y un día Angela dijo que quería volver a trabajar. Había sido enfermera, ¿sabe? Trabajaba en la Unidad de Cuidados Intensivos de un hospital. Era un trabajo que le gustaba mucho… bueno, le gustaba cuidar de los demás, hacer algo por las personas que sufren.

Tamara escuchaba aquello, sorprendida. Armand había usado la expresión «espíritu libre» cuando le habló de su madre y ella había imaginado que sería una artista, una pintora, una bailarina, algo como la Ofelia de Hamlet. ¿Había pensado Armand, como su padre, que Angela era un espíritu libre sólo porque quería trabajar fuera de casa?

–¿Y qué pasó?

–Que cuando el señor De Luca se enteró de que había solicitado su antiguo puesto en el hospital se puso como una fiera.

–¿Por qué?

–Decía que su esposa no tenía por qué trabajar, que el deber de una madre era cuidar de sus hijos y que una esposa debía cuidar de su marido. Él había perdido a sus padres muy pequeño y… en fin, tuvo que trabajar mucho para conseguir lo que tenía –intentó disculparlo Ruth–. Dante era un poco anticuado, la verdad. Y las cosas eran diferentes entonces.

¿Sería el hijo de Dante como él?, se preguntó Tamara. Quizá después de la boda Armand decidiría que no tenía por qué terminar la carrera. Pero no, no podía imaginar que fuese tan machista. Claro que Angela probablemente tampoco lo había esperado de su marido.

–Cuanto más insistía Dante –siguió Ruth–, más decidida estaba Angela. Por fin, consiguió un puesto de trabajo a media jornada y a partir de ahí todo fueron discusiones. Un día, cuando subía al coche para llevar a Marco al colegio, Dante le dio un ultimátum: «quédate y sé una madre para los dos o márchate con el que tienes».

Tamara hizo una mueca de horror al imaginar la terrible escena.

–No pensaba dejar que volviese hasta que se hubiera sometido a sus deseos. Angela intentó razonar con él, intentó convencerlo de todas las formas posibles, pero Dante metió a Armand en un internado y pidió una orden judicial para que su madre no pudiera sacarlo de allí.

–¿Cómo?

–La acusó de ser una madre negligente… y no sé cuántas cosas más. Ella intentó recuperar a Armand, pero la obstinación de Dante era cada día mayor y, al final, convirtió su corazón en una piedra. Nadie podía mencionar su nombre siquiera.

–¿Pero cómo pudo renunciar a su hijo pequeño? –preguntó Tamara.

–Cuando se dio cuenta de que Angela no volvería nunca, Dante se convenció a sí mismo de que Marco no era hijo suyo. Incluso lo dejó fuera de su testamento. Angela había querido mucho a su marido y no había estado con ningún otro hombre, por supuesto. Pero él quería controlarla como lo controlaba todo. Intentando poseerla, sólo consiguió apartarla de su vida para siempre.

En ese momento sonó el teléfono y, mientras Ruth iba a contestar, Tamara sacudió la cabeza.

Qué historia tan triste. Una familia destruida, dos niños privados del amor de sus padres... era lógico que tanto Marc como Armand no quisieran hablar de ello.

Pero no lamentaba haberle pedido a Ruth que se lo contase. La pena de Angela ya no podía ser solucionada, pero encendía una luz roja para Tamara. Armand no podía ser tan implacable como su padre después de lo que había sufrido... ¿O sí?

Debían aclarar un par de cosas antes de dar el sí definitivo, decidió. Quizá debería sugerir un acuerdo prematrimonial en el que se estipulase lo que se esperaba de ambas partes. Como el astuto hombre de negocios que era, Armand debería apreciar su diligencia. Y si se negaba…

Tamara se levantó.

Bueno, entonces ya vería lo que hacía.

Estaba juntando los libros cuando Ruth volvió con el teléfono en la mano.

–Tamara, es su médico.

Ella sintió que, por un segundo, se le paraba el corazón. No había esperado que la llamase. El médico le había dicho que el análisis era algo rutinario, algo que le hacían a todas las embarazadas…

Sí, debía haberse dejado la tarjeta sanitaria en la consulta o algo así, pensó. O quizá necesitaba otro análisis de sangre.

–¿Dígame?

La conversación fue corta y aséptica, salvo por el «lo siento» al final. Tamara no sabía qué decir. Todo parecía haberse quedado congelado. Su mente, su voz. Aquello tenía que ser una broma.

Quizá había dicho adiós antes de que el teléfono se le cayera de las manos… No lo sabía. El golpe resonó en su cabeza igual que el de la bandeja que Ruth había sacado del horno y dejaba a toda prisa sobre la encimera.

–¿Qué ocurre? ¿Pasa algo?

Si no se ponía a llorar, quizá aquello no sería

real. Quizá Dios la dejaría volver atrás en el tiempo y...

Apenas se dio cuenta de que Ruth la tomaba por los hombros.

–¿Qué ocurre, Tamara? ¡Míreme!

Ella no quería mirarla. No quería hacer nada más que olvidar aquella terrible noticia.

–El niño –murmuró por fin–. Algo le pasa a mi niño.

Capítulo Siete

Cuarenta y cinco minutos después Tamara era como una figura de cera en la consulta de la ginecóloga más prestigiosa de Sidney. A su lado, sentado en la otra silla, Armand apretaba su mano.

–Todo saldrá bien. No te preocupes.

Después de la llamada del médico, Tamara había llorado más de lo que había llorado nunca en toda su vida. Ruth, afortunadamente, había tenido la presencia de ánimo de llamar a Armand.

Le quemaban los ojos como si le hubieran echado un cubo de ácido. Esperar a la doctora Fielding era una tortura. Necesitaba saber detalles. Tenía que saber si todo era tan horrible como le habían dicho…

O peor.

–Tengo mucho miedo –murmuró.

No había querido decirlo en voz alta. Pero estaba claro por la expresión de Armand que veía terror en su cara.

–Sea lo que sea, cueste lo que cueste, el niño se pondrá bien. No te preocupes –murmuró, besando su mano–. Yo estoy aquí, a tu lado.

–Pero me dijo… el médico me dijo que había un noventa por ciento de posibilidades de que el niño tuviera un problema serio. Que tendría que tomar una decisión.

No podía dejar de recordar la conversación, palabra por palabra. Le había dicho que necesitaba hacerse más pruebas. Y tomar decisiones. ¿Qué quería decir eso?

Tamara no quería saber. Le parecía injusto, horrible, irreal.

–No se me ocurrió pensar que el niño pudiera tener ningún problema…

–Y no lo tendrá, te lo aseguro –la interrumpió él.

Estaban juntos… con la misma esperanza, la misma angustia. Armand estaba allí para ella y para su hijo.

Su hijo.

«Por favor, por favor, que no sea nada, que todo vaya bien».

Tamara dio un salto cuando se abrió la puerta y una mujer de mediana edad con el pelo color miel entró en la consulta sin dejar de leer el informe que llevaba en la mano.

–Me alegro de haber podido recibirla hoy mismo, señorita Kendle. Encantada, señor De Luca.

–Gracias por recibirnos, doctora Fielding.

–¿Está embarazada de trece semanas?

–Sí, así es.

–¿Está segura?

–Claro –contestó Tamara, nerviosa.

–Su médico le ha hecho unas pruebas que suelen ofrecer resultados óptimos cuando se hacen a una mujer embarazada de dieciséis a dieciocho semanas –la doctora Fielding cerró el informe y se sentó frente a ellos–. Estos resultados sólo serían preocupantes si el embarazo estuviese más adelantado. Pero a las trece semanas los niveles hormonales son perfectamente normales. Aunque se pueden hacer otras pruebas, claro. Le haré una ecografía ahora mismo. Pero, en mi opinión, no hay razones para esperar algo más que un niño absolutamente sano en, más o menos, seis meses.

Tamara sintió que se derretía en la silla. El horror que había vivido durante unas horas desaparecía. Sólo había sido una pesadilla.

–Gracias, doctora Fielding –dijo Armand, levantándose con la energía de un trueno.

–No se puede imaginar... –empezó a decir Tamara, con lágrimas en los ojos–. No puedo decirle el alivio que siento...

–No se preocupe. Estos sustos son normales. Ahora debe pasar a la sala de ecografías y después mi enfermera le dará cita para la próxima visita.

Cuando por fin salieron de la consulta y entraron en el ascensor, Tamara se apoyó en el brazo de Armand.

–Tenías razón.

–¿Sobre qué?

–Debería haber visitado al ginecólogo desde el principio y no confiar en un simple médico de cabecera. Podría haberme evitado este disgusto...

Desde pequeña había tenido que confiar en sí misma para todo porque no tenía a nadie. Su existencia había sido solitaria y, a veces, aterradora. Pero había llegado el momento de dejar esos miedos atrás.

Desgraciadas circunstancias habían hecho que Armand y ella se unieran cuando el destino le había dado la espalda por completo. Su empresa, su casa, su mejor amigo muerto... Pero, como recompensa, tenía un niño creciendo dentro de ella. Y, a su lado, un hombre que había jurado cuidar de los dos. Su gran deseo, que había parecido imposible sólo unas semanas antes, estaba convirtiéndose en realidad.

Emocionada, Tamara se puso de puntillas y le echó los brazos al cuello.

–Debería haber confiado en ti.

Armand iba a ser el padre de su hijo, pero no había aceptado ese hecho hasta aquel mismo instante.

–No pasa nada. Todo ha terminado –sonrió él.

Tamara confiaba en Armand. Y eso era una revelación. No tenían que hablar de acuerdos prematrimoniales, no tenían que recordar la triste historia de sus padres. Aquel hombre no la defraudaría nunca.

–No me compres nada por Navidad –le dijo–. No necesito nada en absoluto… sólo saber que estaremos juntos a partir de este momento.

Él se echó un poco hacia atrás con expresión seria y la besó con ternura. Y cualquier duda que Tamara pudiese haber tenido desapareció por completo.

Estaba enamorándose de él.

Mareada y feliz, quería seguir besándolo, pero las puertas del ascensor se abrieron en ese momento. Y al ver a la gente que había en el vestíbulo, que los miraba con una sonrisa en los labios, Tamara se dio cuenta de que aquel momento mágico había terminado.

O quizá acababa de empezar.

Capítulo Ocho

Tardaron menos de media hora en volver a casa y durante todo el camino Tamara fue agarrada a su brazo. De vez en cuando, Armand se inclinaba para darle un beso en la frente. Nunca se había sentido tan protector. Gracias a Dios los resultados de la prueba de su médico habían sido un error.

Le gustaba Tamara. Le gustaba mucho. Era una mujer guapa, sexy, divertida, inteligente. Y, sin duda, los sentimientos por ella se harían más profundos con el paso del tiempo. Él sería un padre responsable para su hijo y para todos los que llegaran después…

Ah, casi había olvidado la reunión para solucionar el asunto de su propio testamento. Ahora era importante dejar las cosas solucionadas… cosas que Tamara podría no entender. Pero no podía dejar que eso lo hiciera cambiar de opinión.

Cuando salieron del coche había empezado a llover y Tamara se apretó contra él, riendo.

–Parece que hoy es mi día de suerte.

–El mío también –dijo Armand, con el corazón acelerado.

Ella acarició su cara con un dedo.

–Quizá podríamos hacer que tuvieras aún más suerte...

Armand tuvo que contenerse para no tomarla allí mismo.

–¿Estamos hablando de sábanas de satén?

–No tienen por qué ser de satén –murmuró Tamara, tentadora.

Él cambió de posición para acomodar la fuerte erección entre sus piernas.

–Habíamos decidido esperar.

Tamara acarició su pelo mientras se encogía levemente de hombros. Por primera vez, fue ella quien buscó sus labios y lo besó con una sinceridad, con un calor, que hizo hervir la sangre en sus venas. Su perfume conectaba con la parte más primitiva de su cerebro, que reaccionaba por puro instinto. Metiendo una mano bajo su falda, Armand acarició un muslo firme y suave, sonriendo ante la mezcla de imágenes... puro cielo y puro pecado.

Cuando Tamara se apartó, su esencia se fue con ella como el trueno después del relámpago.

–Hoy me he dado cuenta de lo frágil que es

la vida. Un minuto estás aquí, pensando que no tienes que preocuparte por nada y entonces... ¡zas! todo se va al cuerno y quieres lo que tenías antes y más que nunca. Y yo te quiero a ti.

Las gotas de lluvia brillaban en sus pestañas mientras la admisión quedaba colgando en el aire, como una promesa. La esperanza que había en sus ojos pedía una respuesta. No un «te deseo», sino un «te quiero». Y debería decirlo, no sólo para cimentar su relación sino para hacerla feliz.

Y Armand quería eso por razones que no tenían que ver con la satisfacción que Tamara Kendle podía proporcionarle aquel día... y durante años. Tamara merecía ser amada.

O, al menos, creer que lo era.

Estaba a punto de decirlo cuando las gotas de lluvia se convirtieron en una tormenta. Armand la tomó de la mano y juntos corrieron hacia la casa, riendo.

Para ahorrarle preocupaciones, habían llamado a Ruth desde el coche y ella les había dicho que se iba a casa tranquila. Armand miró alrededor cuando entraron en la cocina y encontró su pastel favorito sobre la encimera, con una nota en la que el ama de llaves les decía que debían celebrarlo.

–Me encanta Ruth.

Tamara sonrió, aunque estaba temblando por dentro. El vestido blanco se pegaba a su cuerpo como una segunda piel, marcando cada curva… y sus erguidos pezones pedían acción inmediata. La deseaba y… ¡a la porra las tradiciones! Iba a hacerla suya.

Armand consiguió sacudirse aquel hechizo el tiempo suficiente para tomar unos paños de cocina con los que secarla un poco.

–Creo que lo más inteligente sería quitarse la ropa –sugirió ella.

–Cuando has tomado una decisión no pierdes el tiempo, ¿eh?

–Sólo estoy pensando en Ruth –sonrió Tamara, quitándose las sandalias–. Estamos mojando el suelo.

–Quizá deberíamos salir a la piscina.

–Me prometiste sábanas.

Armand hizo una mueca.

–Porque tú me provocas.

–Y tú me has dado este anillo y eso significa que deberíamos ser felices –rió Tamara, desabrochando un botón de su camisa–. Hazme feliz, Armand.

Él sabía que aquella Tamara había estado escondida en alguna parte. Y cuánto se alegraba de que, por fin, hubiera salido de su escondite.

Inclinándose, la tomó en brazos y se dirigió hacia la escalera que llevaba a su dormitorio.

El botín era siempre para el vencedor.

Armand la dejó frente a la cama y Tamara sintió un escalofrío al ver el deseo que había en sus ojos mientras desabrochaba los botones de su camisa. Como hipnotizada, ella lo miraba sin decir nada...

–¿Puedo ayudarte? –preguntó Armand, señalando el vestido empapado.

Cuando se quitó la camisa y Tamara pudo ver sus bíceps tuvo que tragar saliva. Pero tenía la boca seca.

–Creo que necesito un vaso de agua.

–Pensé que íbamos a celebrarlo. Si no estuvieras embarazada sugeriría una botella de champán... –dijo él, quitándose el cinturón y tirándolo al suelo sin ceremonia–. Cuando hayamos terminado, claro.

Su piel morena era una obra maestra de músculos y tendones, desde el estómago plano hasta los pectorales de hierro. Y unos hombros tan anchos que casi daban miedo. Su sensualidad era tan vital, tan real que Tamara casi podía saborearla.

–Espero que no te eches atrás ahora.

–No, no…

–Entonces deja de escaparte –rió Armand, mientras se quitaba los zapatos.

Tenía razón. También ella quería que pasara. Pero no había esperado sentirse tan… abrumada.

Armand se acercó entonces y, con suavidad, la obligó a darse la vuelta para desabrochar la cremallera del vestido. Un segundo después, Tamara sintió el aire fresco en la piel desnuda.

–¿Mejor? –preguntó él, besando su espalda mientras le quitaba el vestido.

–No hace falta que me convenzas.

–Por si acaso.

Cuando el vestido cayó a sus pies, Armand metió las manos en el elástico de sus braguitas, pero pareció dudar un momento.

–Seguro que necesitas ayuda con esto –murmuró, desabrochando el sujetador.

Tamara se dio la vuelta entonces y escondió la cara en su pecho, tímida de repente. Pero Armand quería su boca donde pudiera disfrutarla, de modo que tomó su cara entre las manos y la besó profundamente mientras dejaba caer al suelo el sujetador. Cuando sintió el roce de sus pechos desnudos contra el torso masculino, el deseo se volvió tan intenso que Tamara pensó que iba a desmayarse.

–Estás muy pálida.

Ella se agarró a sus antebrazos. Sí, estaba embarazada, pero…

–No tienes que tratarme con guantes de seda.

Luego buscó su boca con lo que casi le pareció temeridad y el gemido ronco de apreciación que emitió Armand la hizo vibrar de arriba abajo.

–No quiero arriesgarme.

–No, en serio. Estoy bien.

–No te preocupes, sólo necesito una excusa para llevarte a la cama. Ya he esperado suficiente –sonrió él, mientras la tomaba en brazos–. No te puedo decir cuánto he esperado poder ser «malo».

La llevó hacia la cama, con su suntuoso edredón de seda color lila, y miró fijamente sus labios antes de hacer la cosa más extraordinaria: la dejó de pie sobre el edredón.

–¿Qué haces?

–Quiero admirarte. Eres preciosa, Tamara.

Pero ella nunca había hecho aquello antes. Nunca había hecho el amor con un hombre que la afectase tanto, a tantos niveles. Las emociones eran tan fuertes… Un mes antes no podría haber imaginado confiar en aquel hombre, pero ahora no podía imaginarse casada con otro.

Había descubierto aquel día que confiaba en Armand De Luca. Pero más que eso... estaba enamorándose locamente de él. Y aquella noche, sin ninguna duda, Armand le haría saber que sentía lo mismo.

El corazón galopaba dentro de su pecho mientras él tiraba de las braguitas hacia abajo. Tamara cerró los ojos, sintiendo un placer indescriptible. Luego, sujetando su trasero con las dos manos, Armand la empujó un poco para poner la cara entre sus piernas...

–No puedes imaginar cuántas veces he soñado con hacerte esto...

De nuevo, Tamara tuvo que cerrar los ojos al sentir el roce de la lengua masculina en su zona más íntima. El gemido le salió del alma. Con una mano, Armand acariciaba el interior de sus muslos mientras con la otra tocaba sus pechos, apretando, tirando, acariciando sus pezones con los dedos.

Mareada, Tamara intuyó más que ver la sonrisa masculina.

–A esta escena le falta algo.

–¿Eh?

Armand se apartó un momento para quitarse pantalones y calzoncillos a la vez, revelando unos muslos poderosos. Y, cuando se irguió, una visión que la dejó sin aliento.

Tenía el físico de un atleta en plena forma...

Él sonrió, como si supiera algo que ella no sabía.

–¿Preparada?

–No me tomes el pelo –murmuró Tamara.

Armand dio un paso adelante y empezó a besar su cintura... y más abajo. La punta de su lengua trazaba círculos alrededor del triángulo entre sus piernas hasta que Tamara pensó que iba a perder la cabeza. Luego la levantó de la cama y la colocó frente a él, en el suelo. Sin dejar de besarla, empezó a acariciar sus pechos con una mano mientras con la otra apartaba el edredón...

En ese momento, un relámpago iluminó la habitación. Un segundo después, un trueno que hizo retumbar la tierra pareció sacudir la estancia. Tamara se sobresaltó, pero los brazos de Armand la tranquilizaron.

–Sólo es una tormenta.

Había sobrevivido a una prueba de fuego aquel día. Nada podía asustarla ya y menos una tormenta.

–Bésame... no dejes de besarme.

Armand la tumbó suavemente sobre la cama. El olor a lavanda parecía ahogarla y el cuerpo del hombre que pronto sería su marido tapaba la poca luz que entraba por la ventana. Era como estar suspendida entre las sombras.

Mezclándose con el sonido de la lluvia que golpeaba los cristales, el sonido de sus jadeos. El calor del cuerpo masculino era como lava, como mantequilla caliente... y Tamara se derritió mientras la acariciaba entre los muslos.

–Armand...

Cuando él empezó a tocar el capullo escondido estuvo a punto de saltar, arqueándose más hacia él. Se perdió a sí misma en las sensaciones. Aquello era... perfecto, increíblemente perfecto.

Su corazón pareció detenerse un momento mientras aquella habitación, el universo entero se contraían. Más cuando sintió que Armand metía un dedo, despacio, entre los pliegues más íntimos de su piel. Las paredes interiores se tensaban con el roce, con el brillo pecador de sus ojos azules... hasta que la tensión se rompió en mil pedazos, haciéndola gritar de placer.

–¿Qué tal el Primer Acto? –preguntó Armand en voz baja.

–¿Cuántos hay?

–Yo que tú no me preocuparía por eso. Va a ser una temporada muy larga

Aquello sólo era el principio, el comienzo de

una larga relación, se dijo. Y sentía que Armand se estaba conteniendo. El brazo tembloroso con que la sujetaba empezaba a parecer tenso. Esta vez, Armand se movió despacio, colocándose entre sus piernas para introducirse luego en ella hasta el fondo. Gradualmente, sus músculos se relajaron hasta que él pudo empezar a moverse.

–¿Sigues conmigo?

La respuesta de Tamara fue un suspiro trémulo.

Armand aumentó el ritmo de las embestidas, largas y profundas al principio, más rápidas, más urgentes después. Cuando por fin cayó sobre su pecho, sin dejar de moverse, su corazón latía con tanta fuerza que Tamara casi podía oírlo. Una embestida más, un estremecimiento y un gemido agónico de placer...

–Tamara…

Ella apenas podía respirar o borrar la sonrisa de sus labios.

Cuando por fin abrió los ojos, la rama de un árbol golpeaba el cristal de una de las ventanas. Aún flotando en una nube, deslizó los dedos sobre la suave línea de vello oscuro que cubría su torso y se perdía en…

Riendo, Armand apartó su mano.

–¿Tienes cosquillas?

Él se aclaró la garganta, pero no soltó su mano.

–Sólo en ese sitio.

–No pareces el tipo de hombre que tiene cosquillas.

–¿Y qué clase de hombre parezco?

–No sé…

–¿Decidido, serio, aburrido?

–No, más bien guapo y sexy.

Armand la abrazó y Tamara aprovechó la oportunidad para dejar que sus dedos se deslizaran hacia abajo.

–Para ahora mismo. Un hombre debe tener sus secretos.

–¿Secretos que no vas a compartir con tu mujer?

–Te aseguro que hay ciertas cosas que es mejor mantener en privado.

–¿Tú crees?

–¿No hay nada que tú quieras mantener escondido?

Tamara se percató de que su tono había cambiado. Y entonces recordó la conversación con Ruth. Después de conocer la historia de su familia, entendía a Armand un poco más. Y lo lamentaba tanto por Marc como por él. Pero lo importante ahora era que se habían convertido en una pareja. Y, sobre todo, que el niño estaba bien.

–Gracias por estar conmigo hoy.

–Quería estar contigo –dijo él, un poco sorprendido–. Era mi obligación. No pienso abandonarte nunca.

Tamara sonrió, pensando en el futuro, en el bautizo, en los cumpleaños, en el colegio…

–¿Te gusta el béisbol?

–Sí, claro.

–¿Y el fútbol?

–¿Conoces a algún hombre al que no le guste el fútbol?

–Los sábados por la mañana es cuando los niños van a jugar al fútbol en el colegio.

–Pero aún no sabemos si será un niño.

–Las niñas también juegan al fútbol –le recordó ella–. ¿A qué edad empezarás a hablarle de la empresa? –Tamara soltó una carcajada–. Me estoy imaginando a un niño de tres años con corbata en el consejo de administración…

–Para eso aún falta mucho –contestó Armand–. Además, a lo mejor no se le dan bien los negocios.

«¿Como no se me han dado bien a mí?», se preguntó Tamara.

–Pensé que te apetecería hablarle de negocios en cuanto tuviese edad para ello.

Armand se apartó un poco.

–Deberías dejar de mirar el retrato de mi padre. Estás confundiéndonos.

Ella levantó una ceja, sorprendida.

–Perdona, no quería decir que fueras igual que tu padre…

–Ya.

Armand se levantó entonces de la cama.

–¿Adónde vas?

–Lamento tener que interrumpir esto, pero ya sabes que tengo una reunión.

«¿Ahora?». Tamara se sentó sobre la cama, atónita.

–¿Te vas a la oficina?

–Me encantaría quedarme, pero esta reunión es importante.

–¿Te has enfadado conmigo?

–No, en absoluto.

Ella lo miró, pensativa. Era un hombre muy ocupado, tendría que acostumbrarse a eso. Pero sabía que cuando lo necesitara, estaría a su lado.

–¿Volverás tarde?

–No lo sé.

–¿Vamos a seguir deshaciendo mi cama o pasaremos a la tuya?

–La verdad, yo creo que lo mejor sería que esperásemos hasta la boda –contestó Armand, poniéndose la ropa que había en el suelo.

–¿Por qué?

–No lamento lo que ha pasado, no me malinterpretes. Pero… ¿no querías que nuestra noche de bodas fuera especial?

–Dime la verdad: ¿es por eso o es… por mí?

Armand se sentó en la cama y acarició tiernamente su pelo.

–Tú eres maravillosa. Pero la próxima vez que estemos juntos deberíamos ser marido y mujer. Nos conoceremos íntimamente, por completo, y sellaremos el compromiso que habremos firmado ese día.

Tamara intentó sonreír.

–¿Te preocupa que no me case contigo si «compartimos» demasiado antes de la boda?

Él hizo una mueca antes de levantarse.

–Me voy, llego tarde.

Luego se abrochó el cinturón e inclinó la cabeza para besarla. Pero, por primera vez, ese beso la dejó llena de preguntas.

–¿Te apetece que cenemos fuera esta noche?

Al fin y al cabo, todavía tenían que celebrar que el niño estaba bien.

–No te prometo nada, pero lo intentaré –contestó Armand, antes de salir de la habitación.

Dejándose caer sobre la almohada, Tamara se dijo a sí misma que debía pensar en lo positivo. Armand y ella eran compatibles al cien por cien en el dormitorio y, en unos días, ocurriría lo inimaginable: ella se convertiría en la señora de Armand De Luca y pronto nacería su hijo. Nadie podría pedir nada más.

Capítulo Nueve

El corazón de Armand se llenó de orgullo mientras observaba a su flamante esposa moviéndose entre la gente que había acudido a la ceremonia.

La propia novia le había explicado que llevaba un vestido «estilo imperio». Las piedrecitas que rodeaban el discreto escote eran de cristal y la tela tan suave como los pétalos de rosa. La imagen de Tamara frente al altar se quedaría con él para siempre. Se movía como una visión divina por el jardín botánico hacia el cenador donde se había instalado el altar, con un velo que caía por su espalda hasta llegar al suelo.

Ahora llevaba el velo recogido en un brazo mientras charlaba con una pareja. Tamara inclinó la cabeza y la tiara de diamantes brilló a la luz dorada del atardecer.

Tomando una copa de champán, Armand miró el salón de baile que ofrecía de una magnífica vista del puerto. Había aproximadamente ochenta invitados, nada extravagante, pero había decidido aceptar la idea de Tamara de que fuese una boda sencilla. A pesar de lo que decían las revistas, a él no le interesaba para nada la denominada «vida social» aunque a veces tenía que mezclarse con personajes habituales en esas publicaciones.

Tamara lo miró entonces desde el otro lado del salón y su rostro le pareció radiante. Cuando levantó su copa, llena de agua, Armand sintió una punzada de culpabilidad.

Reconocía la mirada de una mujer enamorada y desearía poder sentir lo mismo. Por supuesto, le gustaba Tamara. Tanto que a veces lo asustaba.

Pero debía mantener el control. Por muy tentadora que fuese, nunca jamás volvería a dejarse llevar por el corazón. Pero eso no significaba que no pudiera darle el cuento de hadas que ella se merecía. Dudaba que tuviese algún problema para fingir haber perdido el corazón por su mujer. Desde luego, estaba muy cerca de perder la cabeza por culpa del deseo que sentía por ella. Aunque esa noche, por fin, disfrutaría de su esperada noche de bodas.

Tamara se despidió de sus acompañantes y se dirigió hacia él, levantando primorosamente el bajo del vestido de satén. Por el camino, tomó a una mujer del brazo y Armand le ofreció su mejor sonrisa mientras estrechaba la mano de Elaine Kendle.

–Estás preciosa.

–Siempre ha sido guapísima –sonrió su madre–. No podrías haber encontrado una chica más guapa que mi Tammy. No sabes cuánto me alegro de que todo haya salido bien.

–Y yo me alegro mucho de que hayas venido, mamá.

Por su tono, parecía claro que no estaba segura de que su madre apareciese el día de su boda. Sería su secreto, y el de Elaine, que para hacerlo todo más fácil Armand hubiese pagado el billete de avión… además de enviarle una cantidad de dinero para que se comprase un vestido adecuado.

–¿Sigues estudiando, Tammy? Supongo que ya estarás a punto de terminar la carrera.

Tamara parpadeó, sorprendida. Elaine se acordaba.

–Tengo un examen dentro de un mes y luego me quedan dos asignaturas más para conseguir el título.

–Me alegro de que tú hayas seguido estudiando, hija. Otras chicas lo habrían dejado.

Luego siguió una pausa incomoda y Armand se dio cuenta de que las dos mujeres estaban considerando el contraste en sus vidas. Una apenas había conseguido nada porque se había contentado con lo que le tocó en suerte; la otra lo había perdido todo recientemente, pero aún tenía espíritu y valor para seguir adelante; la marca de los ganadores.

Aunque Tamara nunca tendría que usar ese título universitario. Cuando naciese el niño, y los siguientes, estaría muy ocupada. No querría malgastar su energía preocupándose por un negocio. Armand respetaba sus deseos, pero su vida ahora era diferente y, con el tiempo, estaba seguro de que entendería que trabajar fuera de casa sólo destrozaría la vida familiar. Y nadie quería eso.

Elaine tomó un sorbo de champán.

–Yo también estoy haciendo un curso.

Su hija la miró, atónita.

–¿Estás estudiando?

–No quería decirte nada, pero a partir de la semana que viene podré celebrar bodas de forma oficial. ¿Sabías que se puede estudiar para eso? Es sólo para las bodas civiles, claro –Elaine miró alrededor–. Qué coincidencia, ¿verdad?

Tamara abrazó a su madre.

–No sabes cuánto me alegro. Estoy muy orgullosa de ti, mamá.

–He tardado mucho tiempo en aprender la

lección, lo sé. Pero tú has tomado la mejor decisión. No la dejes escapar nunca, Armand.

–No lo haré.

–Bueno, creo que voy a probar la tarta –sonrió Elaine.

Cuando se alejó, Armand se volvió hacia su esposa.

–Parece muy agradable.

Tamara suspiró.

–Sí, supongo que lo ha sido siempre. Pero cuando era pequeña… en fin, eso es el pasado.

–Y ahora va a celebrar bodas, ¿qué te parece? Supongo que los malos tiempos han quedado atrás.

Como Tamara, también él había tenido una infancia difícil. Después de la farsa de su compromiso con Christine Sawyer, Armand se había olvidado de algo que se lo había comido por dentro durante años. Él nunca disfrutaría de su hermano, aunque entendía en parte las razones de Marco para rechazar su oferta de trabajar juntos en la empresa familiar. Seguramente él habría hecho lo mismo en su lugar si su padre lo hubiera desheredado sin razón alguna. Pero aun así, no podía negar que aquella noche sentía que se había hecho justicia de alguna forma: la rueda había dado un giro completo.

Armand arrugó el ceño. Ya no podía hacer nada por Marco; el rubio hijo de Angela había desaparecido. Pero ese día el «príncipe oscuro» había reclamado lo que perdió tanto tiempo atrás... una familia. Tenía una esposa de la que no pensaba separarse nunca y un hijo que ocuparía su sitio en la familia De Luca y que, algún día, heredaría parte de la empresa.

No tanto como sus propios hijos, claro. Aunque lo que tenía en mente para el niño de Marco sería más que suficiente. Cuando llegase el momento, Tamara lo entendería. Naturalmente, los hijos que tuvieran después recibirían la mayor parte de la herencia. Así era como funcionaban las cosas. Aquel niño tendría todo lo que necesitara, como lo habría tenido Marco.

–¿Le has hablado a tu madre del niño?

–No, he pensado que sería mejor darle la sorpresa más adelante... aunque sospecho que ya lo sabe.

–A lo mejor porque estás radiante.

–Se supone que todas las novias están radiantes.

–No como tú –contestó Armand, tomándola por la cintura–. Me enciendo sólo con mirarte, Tamara. Imagina lo que pasará dentro de unas horas.

Si no tenía cuidado, ardería por combustión espontánea.

Pero, de repente, Tamara se puso seria.

–Después de la tarde que pasamos juntos, me molestó la sugerencia de que esperásemos. Pero ahora me alegro de que lo hayamos hecho.

–Vas a cansarte de mí llevándote al dormitorio durante nuestra luna de miel, te lo aseguro. Y durante días y años después de eso.

–En Phuket hay unas playas preciosas. Y no creo que me importe la arena en lugar de las sábanas de vez en cuando.

Armand sonrió, pensando en aquel paraíso tailandés donde iban a pasar su luna de miel.

–La luz de la luna bailando sobre el agua, frondosas palmeras moviéndose suavemente con la brisa... puedo imaginármelo ahora mismo.

–¿Hace calor?

–Mucho.

–¿Y puedes imaginarme a mí? –sonrió Tamara.

–Mejor que ninguna otra cosa.

–¿Qué llevo puesto?

–Además de una flor en el pelo, nada –contestó él.

–¡Armand, qué boda tan bonita!

Los dos se volvieron al oír la voz de Matthew Mohill, que acababa de aparecer a su lado llevando del brazo a una rubia de aspecto agradable, pero más bien apocado.

Acorralado, y no contento por ello, Armand dejó de pensar en las playas de Phuket.

–Te presento a mi esposa, Tamara.

La sonrisa de Matthew podría parecer sincera. Pero Armand sabía que no lo era en absoluto.

–Encantado de conocerte, Tamara –dijo el hombre. Pero al tomar su mano se fijó en el anillo de rubíes y arrugó el ceño–. Armand... estoy un poco sorprendido. Ese anillo no tenía buenos recuerdos para ti.

Él lo miró, atónito. ¿Cómo había podido ver a aquel hombre como un amigo?

–Pues ahora los tiene.

–Armand me explicó su pasado –intervino Tamara–. Y yo me enamoré del anillo nada más verlo.

–Ya –murmuró Matthew, volviéndose hacia su acompañante–. Quiero presentaros a mi mujer, Evie.

La rubia dio un paso adelante.

–¡Qué ceremonia tan bonita! Y el escenario era precioso, con tantas flores. Me alegro mucho de que no hiciera demasiado calor. Y soltar mariposas desde esas urnas renacentistas al final... –Evie dejó escapar un suspiro soñador.

–Sí, a mí también me pareció que sería un toque precioso –sonrió Tamara.

–¿Se te ocurrió a ti?

–Tamara lo ha organizado todo –contestó Armand por ella–. Incluyendo los fuegos artificiales que veremos esta noche.

Evie sonrió.

–Parece que esto se te da muy bien, Tamara. Quizá deberías abrir un negocio de organización de eventos.

Aunque le sorprendió el comentario, Armand estaba seguro de que no lo había dicho con mala intención.

Evie miraba a Matthew con la misma adoración que él había visto en los ojos de Tamara unos segundos antes.

–Nuestra boda también fue preciosa, ¿verdad, cariño? En la playa, con collares de flores en el cuello. Estabas tan guapo...

Armand levantó una ceja. Ese afecto no era falso. Y tampoco imaginaba a aquella mujer convenciendo a Matthew para que intentase quedarse con la empresa De Luca. Parecía más una paloma que un halcón.

–Por cierto, tenemos que daros una noticia –sonrió Matthew entonces–. Sois los primeros en saberlo: estamos esperando un hijo.

–O dos –añadió Evie–. En mi familia hay antecedentes de gemelos. Nos encantaría tener un niño y una niña. Ya hemos elegido los nombres y todo.

La habitación parecía dar vueltas... los candelabros, los camareros... lo único que Armand podía ver era la sonrisa orgullosa de Matthew, que parecía decir: «te he ganado».

Tamara dio un paso adelante para abrazar a Evie.

–Me alegro mucho. ¿De cuánto tiempo estás?

–De quince semanas.

–¿No me digas?

Armand apretó discretamente el brazo de su mujer para callarla. Su niño tenía el mismo tiempo, pero no quería que Matthew lo supiera. Era sabio mantener cerca a los enemigos, pero también lo era guardarse un as bajo la manga en caso de un ataque sorpresa.

Sabía lo que Matthew estaba planeando. Pero a las nueve de la mañana el día de su cumpleaños, Armand llevaría los papeles necesarios para cumplir con el testamento de su padre. Sin un heredero, esas acciones seguirían en manos del fideicomiso... pero lo que Matthew Mohill no sabía era que ya había un heredero.

Lo irónico era que Dante había confiado en aquel hombre como habría confiado en un hermano. La cláusula no había sido más que un empujón para que Armand se casara y tuviese hijos. Dante jamás habría creído que Matthew iba a aprovecharse de la situación.

–He estado hablando con Riley Peters y Jack Gibson... –empezó a decir Matthew entonces–, dos miembros del consejo de administración –le explicó a Tamara–. Estaban comentando que las cifras de beneficios eran más que interesantes este año.

–Me alegra saber que no hay quejas sobre cómo llevo la empresa –replicó Armand.

Matthew hizo una mueca.

–Pero también he oído comentarios desfavorables sobre esa posible expansión en China.

–¿Los has oído o los has instigado?

Él se hizo el ofendido.

–Sólo quería que lo supieras, hijo.

Armand estaba a punto de exigirle que no lo llamara así, pero decidió no hacerlo. El día de su boda no era momento para una discusión.

–¿Me perdonáis un segundo? –sonrió Tamara entonces–. Un par de amigas están haciéndome señas desde hace rato. Enhorabuena por lo del niño...

–Y no quiero dejar de mencionar que Barclays también da beneficios –dijo Matthew entonces.

A Armand se le cayó la copa, que rebotó en la alfombra antes de romperse en mil pedazos. Tamara se quedó inmóvil.

–¿Qué ha dicho?

Era una trampa. No lo había mencionado sólo porque sí, lo había hecho a propósito, pensó Armand. Matthew debía haber investigado a Tamara, buscando algo que pudiera usar contra ella.

–Digo que Barclays también va bastante bien. ¿No conoces las empresas subsidiarias de DLE?

–Barclays... –Tamara miró a su marido, pero él estaba muy ocupado fulminando a Matthew Mohill con la mirada.

Unos segundos después, Armand llevaba a Tamara hacia una esquina, frente a la puerta de una alcoba donde estaban todos los regalos.

–Ha dicho que Barclays es una empresa subsidiaria de la tuya...

–Éste no es el momento. Hablaremos más tarde...

–Tú lo sabías, ¿verdad?

–No, al principio no...

–¿Lo sabías y no me lo dijiste?

–No es tan sencillo.

Tamara lo miró, dolida.

–Desde luego que no...

–¡Tamara! ¡De verdad, pareces una princesa de cuento de hadas!

Con el corazón acelerado, Armand se apartó para dejar que dos mujeres abrazasen a su esposa, que respondió con la energía de una muñeca de trapo.

–Yo soy Kristin –se presentó una de ellas–. Y ella es mi hermana, Melanie. Éramos vecinas de Tamara antes y queríamos decirle lo contentas que estamos por ella. Nadie más que Tamara merece ser feliz.

Armand intentó sonreír.

–Estoy de acuerdo con usted. Mi esposa se lo merece todo.

Ella estaba seria, pero al menos parecía un poco recuperada cuando Armand se disculpó para buscar a Matthew. Boda o no boda, iba a decirle lo que pensaba.

Pero Matthew no era sólo inteligente, también era astuto. Y había desaparecido, dejándolo solo para solucionar aquel desaguisado con su flamante y ahora dolida esposa.

Capítulo Diez

En el balcón de la suite, Tamara miraba el puerto de Sidney intentando controlar los escalofríos. El aire era cálido y húmedo, típico de la Navidad en Australia. Pero la brisa del mar no era la razón por la que estaba temblando.

Había salido del salón donde se celebraba el banquete cuarenta minutos antes y había subido a la suite nupcial para quitarse el vestido de novia. Pero ni siquiera bajo la refrescante ducha había conseguido borrar la humillación. ¿Cómo podía Armand haberle escondido eso?

Estaba concentrándose en una estrella muy pequeñita y muy solitaria cuando la puerta de la suite se abrió. Con el pulso acelerado, Tamara contuvo el aliento y esperó. Era ella y no Armand quien debería estar enfadada. De hecho, estaba temblando de rabia.

–Te has ido sin decirme nada.

–Pero conseguí quedarme a ver los fuegos artificiales. Creo que deberías darme la enhorabuena.

–Lo dices como si nuestra boda hubiera sido una sentencia de muerte para ti.

–Espero que no, Armand.

Él la miró, suspirando.

–Tuve que quedarme un rato charlando con el señor Zheng, el ejecutivo chino que te presenté antes.

Tamara asintió con la cabeza. Armand le había enviado una invitación cuando supo que el señor Zheng estaría en Sidney el día de su boda.

–Intenté escaparme... quería hablar contigo, pero... no quería ofenderlo.

En aquel momento Tamara no estaba interesada en sus negocios ni en sus relaciones profesionales. Y tampoco debería estarlo él. Con los brazos cruzados bajo el corpiño de encaje del camisón, decidió retomar la conversación que habían dejado a medias cuando Kristin y Melanie se acercaron para darle la enhorabuena.

–¿Por qué no me habías dicho que tu empresa era la propietaria de Barclays?

–Tamara, no es ningún secreto que esa empresa es de nuestra propiedad. La compañía De Luca tiene acciones en muchas empresas... pero yo no sabía que Barclays fuera la empresa que se negó a pagarte.

Ella dejó escapar un suspiro. Muy bien, Armand no lo sabía cuando se conocieron. Pero debería habérselo dicho en cuanto lo descubrió.

–¿Cuándo te enteraste?

–El mismo día que descubrí la traición de Matthew. Pensé contártelo, pero tú estabas intentando tomar una decisión en ese momento y yo quería que esa decisión fuera decirme que sí –contestó él, con sinceridad–. Pensé que lo interpretarías mal…

–¿No se te ocurrió pensar que me lo tomaría peor si me enteraba como me he enterado?

Tenía ganas de llorar, pero se le subía la sangre a la cara al recordar la expresión de triunfo de Matthew Mohill. Armand tenía razón. La amistad que hubiese habido antes entre ellos había muerto para siempre.

Qué ridículo. Una larga amistad destrozada por dinero, cuando tanto Armand como Matthew ya tenían más del que podrían gastarse nunca. ¿Los hombres de éxito ponían algún límite a los sacrificios que hacían para conseguir aún más éxito? Qué absurdo que Matthew valorase el dinero más que la amistad. Y haría lo que fuera para debilitar la posición de Armand en la empresa, incluyendo lanzar una bomba como aquélla en la boda de su ahora rival.

–¿Sabes lo que he sentido al descubrir que mi marido, el hombre con el que acababa de casarme, me había engañado?

Armand se acercó un poco más.

–¿Ese camisón es una pista?

–¡No cambies de tema!

Él dejó escapar un suspiro.

–No quería perderte, Tamara. Ésa es la verdad.

Una de las astillas que se habían clavado en su corazón pareció caerse, pero aún había más. Tamara quería que el día de su boda fuese perfecto y que la noche fuera inolvidable. Había soñado todos los días con estar entre los brazos de Armand, saborear sus besos, sus caricias, entregarse a él por completo... Pero, ¿podía hacerlo?

–Un matrimonio debe estar hecho de respeto, de sinceridad. Ésos eran los valores tradicionales de los que tú tanto hablabas. ¿No creías en las promesas que has hecho hoy?

–Claro que creo en ellas –contestó Armand–. Sólo quería ahorrarte un disgusto.

–Pero perdí mi casa por culpa de Barclays… y mi trabajo, todo. Tuve que ponerme a limpiar una peluquería para sobrevivir…

–Te compraré una mansión en el sur de Francia…

–¡Yo no quiero una mansión en Francia!

–Mira, Tamara, el administrador de Barclays era un idiota. Pero ha sido despedido –suspiró Armand–. Y si te sirve de consuelo, ayer mismo te ingresé el dinero que Barclays te debía, como un adelanto de tu primera asignación semanal.

–¿Una asignación semanal? –repitió ella–. ¿Qué quieres decir con eso?

–Necesitarás dinero…

–¡Pero suena como si fuera una mantenida!

–Eres mi mujer –dijo Armand, tomando su cara entre las manos–. ¿No quieres que cuide de ti? Tú sabes cuánto me importas, ¿verdad? Tú y el niño.

–Sí, lo sé –confesó Tamara.

Le importaba, pero ¿la quería? ¿Podría quererla algún día? Durante las últimas semanas, sus sentimientos por él habían crecido hasta convertirse en amor. Quizá era por eso por lo que saber que Armand le había escondido algo tan importante le dolió de tal forma. De verdad había esperado el final feliz de los cuentos de hadas. Incluso pensó que Armand querría eso también.

–No discutamos, Tamara –murmuró él, buscando sus labios–. ¿No quieres disfrutar de tu noche de bodas?

Claro que quería. Y con la boca de Armand

acariciando su cuello parecía imposible negárselo.

Se había enfadado con razón. Pero su marido lamentaba haberle hecho daño. No volvería a hacerlo, se dijo. En cualquier momento le confesaría que estaba enamorado de ella. Estaba tan segura de eso como del deseo que corría por sus venas.

Y una vez en sus brazos se olvidó de todo. Allí era donde debía estar. A pesar de lo que había ocurrido esa noche, nunca había estado más segura de nada.

Con los ojos cerrados, dejó que le quitase el camisón… que cayó al suelo sin hacer ruido. Arrugó el ceño cuando sintió que se apartaba, pero enseguida entendió: Armand se estaba quitando la chaqueta.

–Es que me llevas ventaja –bromeó él.

Pero cuando Tamara vio que se bajaba la cremallera del pantalón se dio cuenta de dónde estaban.

–¡Estamos en un balcón!

–En el último piso del edificio más alto de Sidney, a medianoche –sonrió Armand, acariciando su espalda.

–Pero podrían vernos.

–¿Quién, los pájaros? Además, me gusta el aire fresco.

–A mí me gusta hacerlo en privado.

Riendo, Armand tiró de su mano para llevarla al interior de la suite, de un blanco inmaculado.

–¿Ahora estás más tranquila?

–Sí…

–Por cierto, no hemos bailado juntos en toda la noche –murmuró su marido.

–No estamos vestidos para eso.

–No, es verdad.

Armand la llevó bailando hacia la suntuosa cama. El fuego que había en su interior se avivó cuando, con una rodilla sobre el edredón, se inclinó para tirar hacia abajo de sus braguitas.

–Mucho mejor así.

Después de quitarse la ropa, Armand se tumbó a su lado y Tamara le echó los brazos al cuello. No había dejado de pensar en él durante aquellos días y, por fin, estaban juntos.

–Es como estar en el cielo –murmuró su marido.

–Yo estaba pensando lo mismo.

Armand inclinó la cabeza para rozar uno de sus pezones con la lengua, jugando con él mientras la exploraba con la mano. Cuando hundió los dedos en su parte más íntima, Tamara se puso tensa un momento… pero enseguida se derritió. El estremecimiento interior fue tan intenso que se encogió un poco. Luego, respirando profundamente, tiró de su cabeza para obligarlo a mirarla.

–Bésame.

Sus bocas se unieron en un beso apasionado mientras el duro miembro masculino rozaba su muslo. Cuando Armand volvió a acariciar sus pechos, llenos, turgentes, el deseo se convirtió en éxtasis.

«Te quiero».

Esas palabras no salieron de los labios de su marido. ¿Por qué no lo decía? Ahora era el momento, en su noche de bodas. La primera de muchas noches.

Tamara lo apretó con fuerza, deslizando las manos por su espalda cubierta de sudor. Como si ésa fuera la señal, Armand se colocó encima y, por instinto, ella rodeó su cintura con las piernas y empujó hacia arriba. Escalofríos de placer la recorrían de arriba abajo, haciéndola temblar.

–No pensé que fuera posible, pero me gustas más que la primera vez.

Ella cerró los ojos.

–No quiero tener que volver a esperarte.

Si nunca se apartaba de sus brazos sería completamente feliz.

Una golpe de viento movió la puerta del balcón. Mientras la cortina flotaba de un lado a otro, el ritmo de sus embestidas aumentaba, se hacía más urgente, el miembro masculino golpeando una y otra vez su zona más sensible. Tamara se agarró al cabecero de la cama, sintiendo que estaba a punto de estallar. Y sintió, al mismo tiempo, que los bíceps de Armand se contraían. El intenso placer que experimentó al sentir los espasmos pareció consumirla por completo.

Agotado, Armand enterró la cara en su cuello.

Ella se sentía a la vez flotando en el aire y pesada, viva y sin una gota de energía. Suspirando de contento, consiguió mover una mano para acariciar a su marido mientras Armand murmuraba su nombre.

Pero pasaban los segundos y la euforia desapareció. Tamara parpadeó en la habitación oscura, esperando algo. Esperando unas palabras. Por fin, Armand se movió, apretándola contra su pecho. Pero, aunque el silencio debería haber sido consolador, como lo eran los suaves latidos de su corazón, a Tamara le quemaban los ojos.

No iba a decirlo.

Capítulo Once

Armand apareció inesperadamente en la puerta de la habitación que habían preparado para el niño. Su esposa, la mujer con la que se había casado dos semanas antes, estaba meciendo la cuna.

Habían vuelto dos días antes de su luna de miel y había sido una mañana de perros. Armand pensó que Tamara estaría en el jardín e iba al dormitorio a cambiarse de ropa, pero allí estaba. Con un vestido amarillo pálido, parecía absorta mientras movía la cunita. Su pelo caía hacia un lado, su perfil más hermoso que nunca.

Cada vez que la miraba sentía el mismo deseo de tocarla, de olerla, de besarla. Y cada día era más fuerte.

–¡Armand, qué susto me has dado!

–¿Me perdonas? –sonrió él, acercándose.

–Llegas muy temprano.

–Tenía que ver a mi mujer –contestó él, abrazándola.

Sí, se había vuelto adicto.

–Ésa es la mejor noticia que me has dado nunca.

–¿Qué tal el niño? –preguntó Armand entonces, tocando su abdomen.

–Se está moviendo otra vez.

–Yo no siento nada…

–Es como un pececillo nadando en una piscina.

Él apartó la mano.

–Eso suena muy raro.

–Pero es maravilloso –rió Tamara, poniéndose ambas manos en el abdomen–. A veces tengo que pellizcarme. Hace tres meses no sabía qué hacer, mi vida era un caos y ahora… ahora soy una mujer felizmente casada.

De nuevo, Armand sintió aquel vacío, el que necesitaba llenarse con unas palabras de amor. Quería hacerlo. No había razón para no hacerlo. Sólo eran palabras al fin y al cabo. Y cuanto más tiempo pasaba, más veía en los ojos de Tamara que lo esperaba ansiosamente.

Afortunadamente, ella se apartó entonces para acercarse a la casa de muñecas.

–Bueno, ¿y qué ha pasado hoy en la oficina? ¿Alguna noticia de China?

–He hablado con el señor Zheng. Estamos haciendo progresos.

–¿Y qué dice Matthew al respecto?

–Matthew tiene mucho que decir, por lo visto –suspiró Armand–. Hasta que decidí que había llegado la hora de dar la gran noticia.

–¿Le has dicho que estoy embrazada?

–Y le he dejado bien claro que el niño va a nacer antes de mi cumpleaños –sonrió él–. Además, le he dicho que aunque el niño naciese más tarde, lucharía a muerte con él antes de dejar que siguiera controlando el fideicomiso. Aunque si decide enfrentarse conmigo en los tribunales me costará tiempo y dinero. Matthew es un abogado excepcional, con contactos en todas partes, pero no pienso dejar que se salga con la suya.

–¿Y qué ha dicho él?

–La verdad... creo que esperaba esa noticia. Tanto la del niño como la de que estoy dispuesto a luchar por lo que es mío.

–¿Y ha presentado una carta de dimisión?

–No, aún no está dispuesto a tirar la toalla –suspiró Armand–. Lo que quiero es encontrar el apoyo de otros miembros del consejo de administración para pedirle que renuncie. Podrá quedarse con sus acciones, pero sin ningún poder ejecutivo.

–Qué manera tan triste de terminar una relación –suspiró Tamara.

–Sí, desde luego. En fin no quiero hablar de él ahora –dijo Armand, abrazándola–. ¿Qué has estado haciendo tú?

–Estudiar.

–Ah, claro. Pero deberías descansar un poco.

Tamara no dijo nada. Interesante. Quizá a medida que avanzaba el embarazo la idea de trabajar fuera de casa empezaba a parecerle menos atractiva. Un problema resuelto.

–¿Qué estabas haciendo aquí?

–Pensando que dentro de poco necesitará muebles nuevos. Los niños crecen tan rápido.

–Usaremos éstos para el siguiente o compraremos muebles nuevos.

–¿El siguiente? ¿Cuántos niños quieres tener?

–¿Qué te parece el número tres? –rió Armand.

–Muy bien. No me gustaba la idea de que nuestro hijo creciera solo. Tendrá hermanos o hermanas con los que jugar…

Armand acarició su pelo, respirando el delicioso aroma de su piel.

–No sé si será verdad… –empezó a decir Tamara entonces.

–¿Qué?

–¿Sabías que los hermanos mayores suelen ser los líderes, los que tienen más posibilidades de éxito? Lo he mirado en Internet esta mañana. Un profesor de no sé qué universidad ha hecho un estudio y ésas son las conclusiones.

–No tiene por qué ser así necesariamente.

–¿Por qué no?

–Lo del primer hijo no será así en nuestro caso porque los niños no tendrán...

¿Qué podía decir: «el mismo padre», «los mismos genes»?

–Supongo que entenderás que ha de haber alguna diferencia... –Armand no terminó la frase al ver su expresión.

–No habrá ninguna diferencia entre este niño y los demás –dijo Tamara entonces–. Yo no tengo ninguna duda y tú tampoco deberías tenerlas. Serás tan buen padre para este niño como para los demás, Armand. Y nadie te querrá menos, te lo prometo.

El golpe que sintió bajo las costillas fue totalmente inesperado. Tamara pensaba que le preocupaba que aquel niño no lo quisiera como habría querido a su padre biológico. Claro que eso era posible. Después de lo que había hecho aquel día, incluso probable. Pero era inevitable. Había tomado esa decisión como el cabeza de familia. Había firmado los papeles. Así era como tenía que ser.

–La doctora Fielding me ha dicho que en la próxima ecografía se podrá ver mucho más que en la anterior. Incluso podría averiguar si es niño o niña.

Armand la miró, pensativo.

–Tamara, tengo que decirte algo y quiero decírtelo ahora. No quiero que te enteres después.

Ella parpadeó, sorprendida.

–¿Ha hecho algo Matthew…?

–No, esto no tiene nada que ver con Matthew. Es sobre nosotros, sobre el niño.

–No me asustes, por favor.

–Hoy he firmado unos papeles, mi testamento –siguió él–. Y en él se incluye una cláusula según la cual el niño recibirá una parte de la herencia... una parte limitada.

Tamara se llevó una mano al abdomen.

–¿Estás diciendo que no quieres que nuestros hijos disfruten de la misma herencia? ¿Que este niño no heredará la mismas acciones de tu empresa que los otros?

–Podría haber esperado hasta que tuviéramos otro hijo, pero no quería dejar nada al azar. Quiero que todos reciban una cantidad importante, pero los hijos que tengamos juntos serán quienes hereden la compañía De Luca…

–¿Qué? ¿Por qué has hecho eso, Armand? ¿Quieres seguir los pasos de tu padre?

Él se pasó una mano por el pelo.

–Sí, supongo que sí.

–¿Y qué pasa con Marc? ¿No recuerdas que a él no le dejó nada?

–Se llamaba Marco, no Marc.

–Tú no tienes ningún derecho a decidir eso por él.

–No te molestes poniéndote a la defensiva conmigo. Le ofrecí acciones de la empresa y las rechazó…

–A lo mejor porque su padre lo había desheredado y Marc no quería saber nada de él.

–Mi padre creía que Marco era hijo de otro hombre.

–¡Pero eso es mentira y tú lo sabes!

–Quizá. Pero es lo que creía mi padre. ¿Qué iba a hacer?

Pero Armand sabía la respuesta a esa pregunta: criar y querer a ese niño a pesar de todo.

–Si ésa es tu interpretación, debes pensar que eres muy generoso dándole algo a este niño –replicó Tamara–. Claro que él te ha sido de mucha utilidad.

–Admito que todo empezó así, pero yo quería que el niño tuviera un padre y una madre. Sigo queriendo que lo tenga todo en la vida.

–¿Te sientes culpable porque tú lo tuviste todo y Marc no?

–Él tenía a mi madre –contestó Armand–.

Mira, yo quiero cuidar de ese niño. Al fin y al cabo, es hijo de mi hermano.

–Dijiste que querías ser su padre.

–Y así es.

–¿Y qué clase de padre quieres ser? Yo también tengo un padre. Rico, aparentemente, y muy famoso. Pero para mí es un completo desconocido.

Él sacudió la cabeza.

–Yo no puedo arreglar eso.

–Te aseguro que ni lo necesito ni te estoy pidiendo que lo hagas.

Armand entendía bien ese sentimiento. Cuando un padre te dejaba sin razón alguna llegaba un momento en el que ya era demasiado tarde.

–Angela quería llevarte con ella, pero tu padre lo hizo imposible.

–Ella decidió marcharse...

–¡Ella no decidió marcharse! –lo interrumpió Tamara–. Esa decisión la tomó tu padre.

–Mi madre debería haberle escuchado...

–¿Quieres decir que debería haber aceptado el chantaje, que debería haberse quedado en casa porque eso era lo que tu padre quería que hiciera?

–¿Qué habrías hecho tú?

–Yo no debería tener que elegir. Y Angela tampoco.

–A veces hay sólo una decisión acertada, sea cual sea el sacrificio.

–Mientras gente como tu padre y tú os salgáis con la vuestra, claro. Supongo que es eso lo que quieres decir.

–¡Por favor, yo sólo quiero una familia! Una familia normal, feliz.

–¿Eso es lo que quieres?

–Más que nada.

–Voy a decirte una cosa, Armand: lo que tú quieres es controlar todo lo que hay a tu alrededor –suspiró Tamara–. Y después de esta conversación, no sé si eres capaz de amar a alguien.

Él la miró, en silencio.

–Ni siquiera puedes decirlo ahora, en el momento más importante. Lo has planeado todo tan cuidadosamente, lo has orquestado todo tan bien…

–¿Adónde vas?

–A mi antigua habitación –contestó ella–. A hacer planes por mi cuenta.

¿Lo estaba amenazando?

–No olvides que estamos casados y eso no se puede cambiar.

–Todo se puede cambiar en la vida, Armand –dijo Tamara–. Te hicieron daño de pequeño y lo siento por ti, de verdad. Entiendo que quieras tener esa familia feliz que no tuviste nunca, pero cuanto más te acercas a algo que no entiendes más lo apartas de ti. Te pareces más a tu padre de lo que crees y lo siento, pero yo no pienso ser ni una esposa trofeo ni una incubadora. No pienso dejar que utilices a mi hijo para hacer realidad tus ridículos sueños dinásticos.

Con los ojos llenos de lágrimas, Tamara se quitó el anillo de rubíes y la alianza y los tiró en uno de los vagones del trenecito.

Luego pulsó el botón y mientras el tren daba vueltas salió de la habitación. Armand se preparó para seguirla. No la dejaría marchar. Tenía que convencerla...

Pero sus pies parecían pegados al suelo mientras el tren daba vueltas a su alrededor y las palabras de Tamara se repetían en su cabeza una y otra vez.

¿Qué podía hacer?

Capítulo Doce

Armand miraba por la ventana de su oficina como un zombie, mirando sin ver los ferries que partían del puerto de Sidney. El humo que salía de sus chimeneas le recordaba el velo de novia de Tamara... pero luego aparecía una imagen de su cara unos días antes, cuando lo amenazó con dejarlo. Y entonces volvió a desesperarse.

Aquella mañana, mientras Ruth iba discretamente a la despensa, le había preguntado a su mujer qué pensaba hacer. Ella levantó la cabeza del libro que estaba estudiando y le confirmó que se iría esa misma noche.

Y tenía medios para hacerlo: dinero, obstinación y una madre que quería enmendar los errores del pasado.

Pero él necesitaba a Tamara y no tenía nada que ver con el deseo de recuperar las acciones que su padre había dejado en fideicomiso, ni con la herencia...

¿Qué era, deseo, pasión? ¿Se había acostumbrado a estar con ella?

Suspirando, Armand se volvió hacia el escritorio y se fijó en un sobre que su secretaria había llevado poco antes. Iba dirigido al señor y la señora De Luca. Pero no entendía por qué lo habían enviado a la oficina.

Cuando le dio la vuelta, comprobó que en el remite decía: *Doctora Marion Fielding*.

La ginecóloga había enviado allí la carta por error, evidentemente. Aun sintiéndose culpable, Armand lo abrió. Al fin y al cabo, iba dirigido a los dos. Tenía derecho a abrirlo. Dentro había un DVD con una nota: *Ecografía De Luca.* Y la fecha de aquel mismo día. De modo que Tamara había ido a la ginecóloga sin decirle nada.

El DVD debía contener imágenes del niño del que Tamara y él habían hablado tan a menudo. Nervioso, lo metió en el reproductor y encendió la televisión. Unos segundos después en la pantalla apareció una imagen en blanco y negro, borrosa... pero podía ver un niño. Un niño con deditos en las manos y en los pies y un corazón que latía como el de una ranita. Movía las piernas como un astronauta, pensó. Y parecía moverse a cámara lenta.

Sin apartar los ojos de la pantalla, Armand se sentó sobre la mesa de café, oyendo la conversación que habían mantenido Tamara y la doctora Fielding mientras le hacía la ecografía.

Esperaba que su mujer sonase entristecida, perdida. Pero su voz era clara, tranquila… incluso emocionada. Cuando el bebé se llevó el puñito a la boca, Armand rió como lo hacían Tamara y la ginecóloga. Luego levantó una pierna y lo imaginó jugando al fútbol…

Armand se aclaró la garganta, pero entonces vio dos recuadros en la base de la pantalla. En uno decía: *Hola, mamá.* En otro: *Hola, papá.* Uno era de color rosa, otro azul. Y el azul estaba marcado con un círculo.

¿Un niño?

Con las piernas temblorosas, Armand se sujetó a la mesa cuando estaba a punto de caerse de lado. Mientras el niño seguía dando patadas y Tamara seguía riendo y hablando, se levantó. Por fin lo había entendido, pensó, mirando aquella imagen asombrosa que parecía llamarlo. Y luego alargó la mano para tocar la pantalla…

De pie frente a la ventana de su habitación, Tamara se obligó a sí misma a mirar la selección de preciosos vestidos que había sobre la cama. Suspirando, apartó una lágrima con la mano, enfadada consigo misma.

Tenía que marcharse. Había hecho el último examen y sabía que lo había hecho bien. Podía no ser la más lista de la clase, pero era la más decidida.

Ruth le había prestado una maleta para que guardase sus cosas y ya habían pedido un taxi. Su madre la esperaba en Melbourne, de modo que sólo quedaba…

Sólo tenía que…

Irse.

Su marido, su esperanza de un futuro feliz, las promesas de todo lo que el amor podía ofrecerle… todo eso había desaparecido.

Tumbado a sus pies, Master dejó escapar un suspiro mientras lamía sus tobillos, como si supiera que aquello era un adiós. Tamara se inclinó para acariciarlo.

Había decidido que, a pesar de la traumática ruptura, dejaría que todo el mundo creyese que el niño era de Armand. Pero sólo durante el tiempo necesario para reclamar las acciones que tanto deseaba.

Pero nada más. Doce meses de separación, el tiempo requerido antes de empezar con el procedimiento de divorcio, empezaba aquel mismo día. Cuando fuese mayor, se lo explicaría todo a su hijo. Y rezaba para que lo entendiese.

Después de guardar algo de ropa en la maleta, Tamara miró alrededor por última vez. Ya se había despedido de una llorosa Ruth. Ahora sólo faltaba salir por la puerta.

Pero cuando bajaba por la escalera, unas voces masculinas llamaron su atención.

–Un interesante juego del gato y el ratón –estaba diciendo Matthew Mohill–. Pero todas las cosas buenas tienen que terminar tarde o temprano.

–Sólo hay una razón para que te deje entrar en mi casa –replicó Armand–. Y es para darme el placer de mandarte al infierno.

Tamara se detuvo, asustada.

–Sabes lo que haces y no me extraña –siguió Matthew–. Tu padre eligió al más adecuado.

–Ten cuidado, Matthew. No tienes derecho a usar ese tono superior conmigo cuando te has olvidado de la lealtad para robarme lo que es mío.

–¿Lo que es tuyo? Yo acababa de terminar la carrera cuando empecé a ayudar a tu padre en la empresa. De no haber sido por mis consejos legales y mis contactos, la compañía De Luca no sería lo que es hoy.

–Me estás aburriendo, Matthew.

–Tu padre y yo éramos socios. Ahora nadie se acuerda de eso, claro. Yo era el experto en leyes, tu padre el que hizo la primera inversión. Íbamos a ser los dueños del mundo.

–¿Dónde quieres llegar?

–Cuando empezamos a conseguir contratos, Dante decidió que ya no me necesitaba. Sí, fue muy generoso, claro, me ofreció un puesto en la empresa. Incluso me regaló una buena cantidad de acciones.

–Si eso es verdad, ¿por qué seguiste con él?

Matthew se encogió de hombros.

–Por venganza. Pero durante estos años he adquirido más prestigio y poder en mi profesión y… perdí mi sed de sangre. Incluso te apreciaba de verdad. Tú eres todo lo que Dante fue, incluso más –le dijo, con tono despreciativo–. Tu padre y yo éramos socios y, aunque ahora es demasiado tarde para hablar de un cincuenta por ciento para mí, mi hijo merece y algún día tendrá el control de esa empresa, te guste a ti o no.

–Si todo eso es verdad, ¿por qué puso mi padre el fideicomiso a tu nombre?

–Porque me hice el muerto durante tantos años que lo engañé. Debió pensar que me había olvidado del asunto. Pero yo sabía que tú le darías un heredero. Tú siempre has hecho lo que se te ha dicho… –Matthew levantó la mirada entonces y vio a Tamara en la escalera–. Baja, querida. Al fin y al cabo, tú interpretas un papel estelar en esta charada.

–¡No la metas en esto! –exclamó Armand.

–¿Quién te importa, ella o el bastardo que está esperando?

Armand levantó el brazo entonces y Tamara corrió escaleras abajo para ponerse en medio de los dos hombres.

–¡No, por favor! ¿Qué conseguirías con eso?

–Romperle la nariz, por ejemplo.

–¿Y luego qué?

Armand miró de uno a otro un momento, pero después la tomó por los hombros.

–Tamara, tenemos que hablar.

–¿Sobre asuntos de paternidad? –preguntó Matthew–. Me temo que es demasiado tarde para eso. Sé que el niño no es tuyo. No eres el único que puede contratar investigadores privados, Armand. No has cumplido los términos de la cláusula, de modo que el fideicomiso sigue en mis manos. Se cierra la sesión.

–¿Por qué crees que te dejaría robarme lo que es mío?

–No tienes ninguna base legal.

–Tengo derechos, que es más importante. Tengo que proteger los derechos de mi familia.

Matthew lo miró, escandalizado.

–Lo que tienes es una mujer que se acuesta con un hombre y luego se casa con su hermano. De modo que lo único que vas a tener, con un poco de suerte, es un sobrino. Siento ser tan crudo, Tamara, pero los abogados curtidos como yo vamos directos a la yugular.

–Escúchame, Matthew, porque sólo voy a decirlo una vez –la voz de Armand sonaba letal–. Me da igual cuál fuera tu historia con mi padre. Me has traicionado y pienso recuperar el control de la empresa De Luca cueste lo que cueste. Aunque tenga que luchar contra ti durante el resto de mi vida. Y si vuelves a hablar de mi esposa… escúchame bien, Matthew Mohill, si vuelves a hablar de mi mujer en esos términos no tendrás que preocuparte más por la empresa De Luca porque estarás muerto.

Mientras Tamara miraba a aquel hombre que la defendía como no lo haría ningún otro, los tres se quedaron en silencio. El mundo había quedado reducido a una fiera mirada clavada en otra.

Matthew fue el primero en dar un paso atrás.

–Hay una cosa de la que podemos estar seguros: tu querida esposa va a dejarte sin un céntimo cuando pida el divorcio. Quizá incluso podría ofrecerle mis humildes servicios legales.

–No habrá divorcio –anunció Armand.

Matthew Mohill sacó una tarjeta del bolsillo y la tiró sobre la mesa.

–Llámame, querida Tamara. Quizá podríamos discutir los beneficios de mi representación legal.

Matthew acababa de salir de la habitación y, con un poco de suerte, de sus vidas cuando sonó un claxon en la puerta.

–Es mi taxi –dijo Tamara, tomando la maleta sin pensar.

–No te vayas –le rogó Armand.

–Tú sabes que tengo que hacerlo.

–Te necesito, Tamara.

–No tienes por qué fingir, Armand. Además, tengo la impresión de que ahora te espera una pelea de verdad. Vas a estar muy ocupado.

–¿Te alegrarías si perdiera?

–No, claro que no. Yo no quiero hacerte daño. Yo…

Tragarse la confesión no sirvió de nada. Armand lo dijo por ella.

–Me quieres, ya lo sé. Y yo también te quiero, más de lo habría podido imaginar. El amor volvió loco a mi padre, Tamara. Pero tu amor, este amor que siento por ti, es mejor que el de los cuentos de hadas. Es real y no puedo perderlo.

–Armand, no puede ser… es demasiado tarde.

–¿Demasiado tarde para esto? –preguntó él, buscando sus labios.

El beso fue más hermoso que nunca, mágico, creando sensaciones que la enviaban al cielo. Pero no era tan sencillo. No sólo había pisoteado sus sentimientos, sino que había traicionado la fundación en la que ella había esperado cimentar toda su vida.

–Sé que no confías en mí, Tamara, pero te pido que lo hagas. Lo que siento por ti es real. Una parte de mí murió al perder a mi madre y... me ha costado mucho volver a entregar el corazón. Sin embargo, tú has seguido adelante. Incluso has hecho las paces con tu madre y has perdonado al hombre que nunca supo ser tu padre.

–Armand...

–Tamara, hoy he descubierto algo. Deja que te lo enseñe. Ven conmigo y si sigues queriendo irte después, no me pondré en tu camino. Nunca volveré a molestarte.

Armand encendió la televisión y cuando Tamara vio las imágenes de su hijo se le hizo un nudo en la garganta. Incluso se le olvidó que estaba con su marido. Y cuando volvió la cabeza, lo encontró mirando la pantalla fijamente.

–¿Cómo has conseguido el DVD?

–La doctora Fielding lo envió por error a mi oficina. Había pensado verlo contigo... Es nuestro hijo, Tamara. Pase lo que pase, siempre cuidaré de él. Esta misma mañana he hecho que mis abogados destruyeran ese absurdo testamento. Si quieres, podemos ir juntos al bufete y asegurarnos de que todo es exactamente como tiene que ser, que nuestros hijos heredarán lo mismo. Sean millones o cien dólares. Seré feliz sin dinero mientras tenga a las dos personas más importantes de mi vida a mi lado.

Con un nudo en la garganta, pero aún indecisa, Tamara no sabía qué decir.

–Te quiero, Tamara. Te adoro –insistió Armand–. Y tú sólo puedes hacer dos cosas: marcharte ahora mismo o confiar en mí –añadió, apretando su mano–. Por favor, confía en mí.

Tamara tomó una decisión, pero aún había un tema del que no habían hablado.

–¿Y si decidiera retomar mi negocio?

–Puedes hacer lo que te parezca mejor. Pero entonces tendré que ponerme a aprender ahora mismo algo sobre niños porque pienso compartir contigo todas las tareas. Empezando el mismo día del parto.

Ella lo miró, atónita.

–¿Lo dices en serio?

–Te confieso que no me apetece mucho lo de cambiar pañales, pero si hay que hacerlo, lo haré. Quiero ayudar a mi hijo a hacer los deberes, bañarlo, llevarlo al fútbol… ¿me crees, Tamara? Tienes que creerme porque no he dicho nada más en serio en toda mi vida. Nada será nunca tan importante para mí como mi familia... cada miembro de mi familia, todos por igual.

Tamara dejó escapar un suspiro.

–Te quiero, Armand. Llevo tanto tiempo soñando con decírtelo...

Él parpadeó varias veces, su sonrisa llena de gratitud. Y luego la besó suavemente en los labios.

–Si quieres ponerme a prueba, estoy libre el resto del día. De hecho, el resto de mi vida.

Llena de amor, de alegría y de esperanza, Tamara dio un paso adelante para mirar el rostro de su marido.

–Creo que deberíamos empezar ahora mismo.

–Amén –murmuró él, estrechándola entre sus brazos.

Epílogo

Tamara dejó escapar un suspiro de satisfacción mientras miraba el cartel de *Feliz Cumpleaños* que colgaba sobre el arco de la cocina. Un año ya. ¿Dónde se había ido el tiempo?

El roce de una mano interrumpió sus pensamientos.

Con el pelo sujeto en un elegante moño, Elaine le sonrió.

–Rápido, cariño. Ruth está a punto de traer la tarta.

Tamara apagó las luces y se acercó a la mesa donde Armand jugaba con su hijo que, en la trona, daba gritos de alegría, intuyendo que aquél era un día especial. Cuando se acercó, Armand automáticamente le pasó un brazo por la cintura. Un momento después, Ruth aparecía con la tarta de cumpleaños, en la que había una sola velita.

–Aquí está, cariño. ¡Hoy es un gran día!

Los cuatro adultos se pusieron a cantar el

Cumpleaños Feliz mientras Maxem De Luca daba palmaditas, con una sonrisa de oreja a oreja.

Sí, era un día especial.

–Parece que Max ha conseguido su deseo.

Tamara soltó una carcajada.

–¿Max? Creí que habías sido tú el que pidió un pastel de chocolate.

–Hablaba de los columpios –protestó su marido, mirándose las manos–. He tardado toda la noche en montar ese monstruo.

Tamara le dio un beso en la mano.

–Pobrecito. Podrías haber contratado a alguien para que lo hiciera.

–Pero eso no habría sido divertido...

En ese momento sonó el teléfono.

–Sea quien sea, no estamos, Ruth –le advirtió Armand.

Pero cuando el ama de llaves volvió, con el teléfono en la mano, su expresión les dijo que era importante.

–Creo que sí va a querer contestar.

Armand miró a su mujer antes de tomar el teléfono. La conversación fue breve y cuando colgó, Tamara tenía los nervios en el estómago.

–¿Era tu abogado?

–Sí. Parece que, por fin, Matthew Mohill ha decidido retirar la demanda.

–Gracias a Dios.

–Por lo visto, Matthew quiere acabar con la guerra y seguir adelante con su vida. Supongo que tiene algo que ver con su hijo... dentro de poco también será su cumpleaños.

–¿Entonces seguirás con tu plan de expandir la empresa en China?

–Por supuesto –contestó él, besándola en la frente.

Tamara sonrió.

–Bueno, la verdad es que yo también tengo una noticia que dar.

Había pensado dársela a su marido en privado, pero ya que era una ocasión tan feliz...

–¿Has decidido empezar otra carrera? –preguntó Elaine.

–¿Piensas abrir un negocio? –inquirió Armand.

–No, ninguna de esas dos cosas. Vamos a ser papás otra vez. Max va a tener un hermanito o una hermanita.

Todos se quedaron en silencio. Incluso Max miraba de uno a otro como si hubiera entendido. Entonces Armand se levantó y tomó a su mujer en brazos, dando vueltas por la cocina.

–¿Por qué no me lo habías dicho?

–Pero si acabo de hacerlo...

–Pronto tendremos una Georgia.

–O una Daniela. O a lo mejor otro niño –Tamara se encogió de hombros–. Eso me da igual.

–Te quiero tanto… me parece que hoy no te lo había dicho –murmuró Armand.

Emocionada, Tamara sonrió.

–Fue lo primero que dijiste al despertar.

–Y lo último que diré antes de irnos a dormir esta noche.

–Pa… pa.

Los dos se volvieron, riendo. Max se había echado hacia delante, con los bracitos estirados, como celoso del abrazo de sus padres.

Armand besó a su mujer de nuevo.

–Espera un momento –le dijo en voz baja–. Ahora seguimos hablando de lo de irse a dormir.

Mientras lo observaba sacar al niño de la trona, y después de que su madre y Ruth la felicitasen por su nueva maternidad, Tamara cerró los ojos y dio las gracias al cielo. Los milagros eran posibles. Milagros grandes y pequeños. Y ella se sentía cada día más agradecida por los dos regalos que la vida le había ofrecido.